AF191805

ERSTICKTE FREIHEIT

MICHAEL BÄUERLE

Buchbeschreibung

Vergessen, abgestellt, unsichtbar – in Michael Bäuerles finsteren und sozialkritischen Kurzgeschichten stehen jene im Mittelpunkt, die die Gesellschaft längst abgeschrieben hat. Mit schonungsloser Direktheit erzählt er von Menschen, die zwischen Einsamkeit, Armut und Hoffnungslosigkeit gefangen sind. Besonders ältere Menschen, vereinsamt in ihren kleinen Wohnungen, kämpfen mit Erinnerungen, mit ihrer Umwelt – und manchmal mit ihrem eigenen Verstand.

Ob der alte Mann, der in seiner stillen Wohnung nur noch mit Geistern der Vergangenheit spricht, oder die Frau, die im Schatten der Stadt nach einer letzten Daseinsberechtigung sucht – diese Geschichten sind roh, beklemmend und erschreckend nah an der Realität. Es sind Einblicke in ein Dasein, das oft hinter verschlossenen Türen stattfindet. Ein Leben, das niemand sehen will.

Bäuerles Sprache ist ungeschönt, rau und direkt. Kein literarischer Zuckerguss verdeckt die harte Wahrheit, keine versöhnliche Moral entlässt den Leser in ein gutes Gefühl. Diese Geschichten tun weh – weil sie wahr sein könnten.

Mit viel Gespür für das Unausgesprochene fängt der Autor die Verlorenheit jener ein, die vom Leben vergessen wurden. Es sind Geschichten über das Altern, das Scheitern, das unsichtbare Leiden – und manchmal über kleine Momente der Wärme in einer eiskalten Welt.

Ein Buch für alle, die bereit sind hinzusehen. Und für jene, die sich fragen, was passiert, wenn das Leben einen auf das Abstellgleis schiebt – und niemand mehr nach einem sucht.

Über den Autor

Michael Bäuerle, geboren 1957 auf der Schwäbischen Alb,inzwischen Wahldresdner,ist Autor, Fotograf und Digital-Maler

Erstickte Freiheit

Finstere Kurzgeschichten vom Leben auf dem Abstellgleis

Michael Bäuerle

michael-baeuerle.com
facebook.com/BaeuerleM

1. Auflage, veröffentlicht 2025.

Michael Bäuerle
c/o COCENTER
Koppoldstr. 1
86551 Aichach

ISBN: 978-3-7693-7723-1
Imprint: Indipendently published

Verlag: BoD · Books on Demand GmbH,
In de Tarpen 42, 22848 Norderstedt,
bod@bod.de
Druck: Libri Plureos GmbH,
Friedensallee 273, 22763 Hamburg

Wenn ich sage
„Mir geht's gut",

hätte ich manchmal gerne
jemanden, der mir in die
Augen schaut, mich fest in
den Arm nimmt und sagt:

„Ich weiß, dass das nicht
stimmt. Aber alles wird
gut. Ich bin da."

(Netzfund, Autor unbekannt)

DYSTOPISCHE ROMANCE

Das Abendessen war karg, aber ehrlich. Ein Teller mit grauem Nahrungspulver, angerührt mit lauwarmem Wasser, dazu eine Tasse mit irgendeinem synthetischen Tee-Ersatz. Else hatte sich Mühe gegeben, soweit das in diesem trostlosen Loch möglich war. Helmut saß auf einem der beiden Hocker, die ihr karges Zuhause schmückten, stützte sich mit den Ellenbogen auf den Tisch und sah sie an.

„Schmeckt fast wie was Richtiges," sagte er und grinste. Seine Zähne waren noch fast vollständig, was in seinem Alter und in dieser gottverlassenen Welt keine Selbstverständlichkeit war.

Else schnaubte. „Hör auf, mich zu verarschen. Das schmeckt nach Pappe mit einem Hauch von Erbrochenem. Aber besser als nix."

Helmut zuckte mit den Schultern. „Pappe kann man verdauen. Besser als das Zeug, das ich neulich hatte. Hat nach feuchtem Keller gerochen."

Sie saß ihm gegenüber und musterte ihn. Er war kein Schönling, aber in einer Welt, in der es keine Werbung mehr gab, in Deutschland im Jahr 2040, war auch niemand mehr mit Idealen zugedröhnt. Breit gebaut, starke Hände, die nach Arbeit aussahen, Augen, die ein bisschen zu tief lagen. Wahrscheinlich hatte er mal besser ausgesehen, bevor das Leben sich mit ihm angelegt hatte.

„Was war mit deiner Frau?" fragte sie unvermittelt.

Helmut sah sie an, ein Schatten huschte über sein Gesicht. „Unfall. Irgendwas ist umgekippt in der Fabrik. Sie war sofort tot. Haben mir zwei Tage frei gegeben, dann musste ich wieder ran."

Else nickte langsam. „Meinen haben sie erschossen. Er hatte Bargeld in der Tasche."

Helmut blinzelte, nahm einen Schluck von seinem lauwarmen Gesöff. „Scheiße."

„Ja." Sie sah auf ihren Teller. „War nicht mal viel, aber auch wenig ist verboten. Ein paar alte Scheine. Hatte er irgendwo gefunden. Ich wusste es nicht.

Oder doch. Keine Ahnung. War alles so schnell vorbei."

Eine Weile saßen sie schweigend da. Draußen brummte das ewige Summen der Stadt, die sich nie zur Ruhe legte.

„Warum hast du mich eingeladen?" fragte Helmut plötzlich.

Else zuckte mit den Schultern. „Wer weiß. Vielleicht, weil du nach drei Monaten Wartezeit heute meine Heizung repariert hast. Vielleicht, weil ich seit zwei Jahren niemanden mehr zum Reden hatte. Vielleicht, weil mir alles Scheißegal ist."

Helmut nickte langsam. „Guter Grund."

Sie aßen weiter, und irgendwo in der Ferne heulte eine Sirene. Jemand hatte wieder Pech gehabt. Jemand war zur falschen Zeit am falschen Ort gewesen. Helmut dachte an seinen Tag. Er hatte wieder eine Toilette repariert, die vorher schon hundertmal geflickt worden war. Ersatzteile gab es kaum, also improvisierte er. So war das Leben hier. Man machte, was man konnte, und hoffte, dass es für den nächsten Tag reichte.

Else stand auf, stellte die leeren Teller in die winzige Spüle. „Hast du was vor?"

„Heute? Nein. Morgen auch nicht. Übermorgen? Auch nicht."

Sie lachte trocken. „Großartige Zukunftsaussichten."

„So sieht's aus."

Sie drehten sich beide zur Tür, als draußen ein Stiefelscharren erklang. Einen Moment lang hielten sie die Luft an. Dann entfernte sich das Geräusch. Irgendein armer Tropf hatte heute Nacht Besuch. Zum Glück nicht sie.

„Willst du bleiben?" fragte sie.

Helmut sah sie an. „Wäre schön, mal nicht allein zu sein."

Else nickte. „Dann bleib. Aber schnarch nicht."

Er grinste. „Ich geb mir Mühe."

Und so begann etwas, von dem keiner von ihnen wusste, wohin es führen würde. In einer Stadt, in der niemand frei war, in einem Leben, das keiner mehr lebenswert nannte, hatten sie sich gefunden. Zwei verlorene Seelen in einer Welt, die ihnen nichts mehr bot als das, was sie einander geben konnten. Und das war vielleicht mehr, als sie dachten.

Als Else die Lampe dämpfte, war es, als würde der letzte Rest der Welt verschwinden. Nur noch sie und Helmut, nur noch zwei Körper, die nach etwas Greifbarem suchten. Sie standen einander gegenüber, als wäre die Zeit eingefroren. Ein Wort hätte alles beenden können, doch keins fiel.

Dann war da nur noch Hitze. Ihr Atem mischte sich, ihre Lippen fanden sich, roh und verlangend, als wäre es der letzte Moment, den sie je haben würden. Vielleicht war es das. In einer Welt, in der nichts sicher war, war es Wahnsinn, an morgen zu denken.

Else spürte Helmuts Hände an ihrem Rücken, rau von jahrelanger Arbeit, aber jetzt sanft, fast zögerlich. „Vergessen wir das alles für einen Moment," murmelte er, seine Stimme ein heiseres Flüstern gegen ihre Haut. Sie nickte, schloss die Augen und ließ sich fallen.

Sie liebten sich, nicht mit der Unschuld von jungen Menschen, sondern mit der Verzweiflung derer, die nichts mehr zu verlieren haben. Ihre Körper verschmolzen, suchten nach einem Funken, der sie noch am Leben hielt. Die Dunkelheit um sie herum war dicht, aber zwischen ihnen war für einen Moment Licht.

Später lagen sie nebeneinander, schwer atmend, schweigend.

Der Morgen kam wie ein schmutziges Versprechen. Das Fenster war zugeklebt mit einem alten Stofffetzen, weil der Dreck von außen sowieso kein Licht mehr durchließ. Else gähnte und rieb sich die Augen. Helmut lag noch da, schnarchte leise.

„Du schnarchst doch, du alter Lügner," murmelte sie und setzte sich auf. Sie konnte sich nicht erinnern, wann das letzte Mal jemand neben ihr aufgewacht war.

In der Kochecke kramte sie herum. Nahrungspulver, Wasser. Mehr gab es nicht. Aber heute würde sie es richtig anrühren, vielleicht mit etwas Würze, damit es wenigstens so tat, als wäre es ein echtes Frühstück.

Helmut räkelte sich, blinzelte verschlafen. „Himmel, das riecht ja fast nach was."

„Jaja, Gourmet-Küche vom Feinsten."

Er setzte sich an den kleinen Tisch, schob ein paar alte Zeitungsfetzen beiseite. „Hast du überhaupt noch was zu lesen?"

„Lesen ist für Leute, die noch Hoffnung haben."

„Ich hab mal gern gelesen."

Else stellte ihm die dampfende Schale hin. „Dann erzähl mir was."

Und so fingen sie an. Helmut erzählte von seiner Kindheit, von den Zeiten, als sein Vater noch ein eigenes Fahrrad hatte, bevor alle persönlichen Fahrzeuge abgeschafft wurden. Wie er als Junge mit seinen Freunden durch die Straßen rannte, wie er zum ersten Mal ein richtiges Brot gekostet hatte, als es noch Bäcker gab. Else sprach von ihrer Jugend, von heimlichen Partys in alten Kellern, von Musik, die jetzt verboten war, die sie aber immer noch im Kopf hörte.

Sie lachten, sie schwiegen, sie ließen Erinnerungen wieder aufleben. Und für einen Moment, während sie in ihrer engen, dunklen Wohnung saßen und ihre Geschichten austauschten, war es fast so, als wäre die Welt nicht ganz so kaputt.

Der Morgen ging weiter mit der üblichen Tristesse. Helmut hatte sich nach dem Frühstück verabschiedet, mit einem knappen Blick, als wäre es zu gefährlich, zu lange hinzusehen. Ein kurzer Druck seiner rauen Hand auf Elses Schulter – dann war er weg, verschwunden in der grauen Masse der Arbeiter, die in den Tag stürmten, um ihre Pflicht zu erfüllen. Else seufzte, zog ihre Jacke enger um sich und machte sich auf den Weg zur Straßenbahn.

Die Haltestelle war ein trostloser Ort. Ein Betonklotz mit rissigem Putz, in dem der Wind pfiff, während sich die Menschen dicht an dicht drängten, jeder für sich, jeder im eigenen Nebel aus Gedanken und Sorgen. Niemand sprach, außer den Lautsprechern, die mit metallischer Stimme verkündeten, dass die Bahn in zwei Minuten eintreffen würde.

Als das Gefährt kam, eine klobige Kiste aus Stahl und Glas, schoben sie sich hinein, so dicht gedrängt, dass sie kaum atmen konnten. Else lehnte sich gegen eine Stange, hielt sich fest und ließ den Blick durch das Wageninnere schweifen. Dieselben leeren

Gesichter, dieselben trüben Augen. Ein paar Flüstergespräche, kaum hörbar. Gerüchte. Immer Gerüchte.

„Hast du gehört? In Sektor 3 haben sie wieder einen erwischt. Verbotenes Bargeld in der Tasche. Einfach abgeführt."

„Selbst schuld. Wer noch Bargeld hat, bettelt darum, erschossen zu werden."

Else hörte zu, sagte aber nichts. Sie wusste, dass jedes Wort eine Waffe war, die sich jederzeit gegen einen selbst richten konnte. Also schwieg sie, bis die Bahn an der Station hielt und sie mit der Masse nach draußen gespült wurde.

Die Fabrik war ein graues Ungetüm aus Beton, umgeben von Stacheldraht und Wachposten. Ein Ort, an dem Hoffnung verrottete. Else marschierte mit gesenktem Blick hinein, zog ihre Arbeitskleidung über und stellte sich an die Produktionslinie. Der gleiche Trott wie immer. Maschine an, Zutaten rein, Knöpfe drücken, Kontrolle durchführen. Tag für Tag, Jahr für Jahr.

„Na, Else, mal wieder mit einer Fresse unterwegs, als hätte dir einer ins Essen gespuckt?" Renate, ihre Kollegin, eine Frau mit einer Stimme wie Sandpapier und einer spitzen Zunge, grinste sie an.

„Vielleicht, weil das hier Scheiße ist, Renate."

„Ach was, ist doch ‚n Traumjob. Stell dir vor, du müsstest draußen auf der Straße hungern. Hier kriegste wenigstens dein Pulver."

„Pulver, das nach nasser Pappe schmeckt."

„Immerhin Pappe."

Das Gespräch wurde von einem metallischen Scheppern unterbrochen. Einer der neuen Arbeiter, ein schmächtiger Mann mit eingefallenen Wangen, hatte eine Ladung Nahrungspulver verschüttet. Sofort sprang der Vorarbeiter herbei. Ein bulliger Typ mit kalten Augen und einem Lächeln, das eher an einen Drohspruch erinnerte.

„Hast du ‚nen Knall? Weißt du, was das kostet?"

„Es es war ein Versehen." Der junge Mann hob zitternd die Hände, als könne er die Schuld mit einer Geste abwenden.

„Ein Versehen?" Der Vorarbeiter trat näher. „Hier gibt's keine Versehen."

Ein dumpfer Schlag. Eine Faust in den Magen. Der Mann krümmte sich, japste nach Luft. Niemand sagte etwas. Else biss die Zähne zusammen. Es war normal hier. Wer Fehler machte, zahlte den Preis.

„Jetzt mach sauber und reiß dich zusammen." Der Vorarbeiter spuckte aus und marschierte davon.

„Arschloch", murmelte Else.

„Hast du was gesagt?" Renate sah sie an.

„Ja. Arschloch. Und er weiß es auch."

„Sei vorsichtig, Else. Manche hören mehr, als sie sollten."

Die Arbeit ging weiter. Mischungen kontrollieren, Verpackungen checken, Maschinen überwachen. Ein Mechaniker tauchte auf, um eine blockierte Pumpe zu reparieren, ein mürrischer Kerl mit ölverschmierten Händen.

„Immer derselbe Mist mit diesen alten Kisten", brummte er.

„Vielleicht sollten sie sie mal ersetzen?" fragte Else sarkastisch.

„Ha! Und wer soll das bezahlen? Die da oben? Die Scheißen doch lieber auf uns, als einen Cent für bessere Maschinen auszugeben."

Der Mechaniker lachte trocken und verschwand wieder in den Tiefen der Anlage.

Später, in der Pause, saßen sie im Aufenthaltsraum. Ein kahler Raum mit Metallstühlen und einem Automaten, der brackiges Wasser ausspuckte. Else stützte den Kopf auf die Hände, beobachtete Renate, die an ihrer Teeration nippte.

„Ich schwör's dir, Else, wenn ich noch einmal einen dieser Vorarbeiter sehe, wie er einen neuen zusammenfaltet, kotze ich ihm vor die Füße."

„Mach das. Ich wette, er gibt dir dann ne Extraschicht zum Dank."

„Oder er schlägt mir die Zähne ein."

„Das auch."

Else lehnte sich zurück. Sie konnte nicht sagen, was schlimmer war – die Arbeit selbst oder die Art, wie sie alle darauf konditioniert waren, es einfach hinzunehmen. Keiner leistete Widerstand. Keiner traute sich.

„Denkst du manchmal ans Weglaufen?" fragte Renate plötzlich.

Else lachte bitter. „Und wohin? Es gibt keinen Ort, wo sie dich nicht finden."

„Manchmal denke ich, selbst ein Tag in Freiheit wäre es wert."

„Vielleicht."

Die Pause endete. Wieder Maschinen, wieder Pulver, wieder dasselbe stumpfsinnige Prozedere. Ein Streit brach aus, als zwei Arbeiter sich um einen defekten Hebel stritten.

„Ich hab gesagt, ich mach das!"

„Du kannst nix, du Trottel, das war letzte Woche schon kaputt!"

„Halt die Fresse, ich weiß, was ich tue!"

Ein Schubser, ein Fluch. Der Vorarbeiter erschien, schnappte sich beide und schleppte sie weg. Else wusste, dass sie sie heute nicht wiedersehen würden.

Am Ende der Schicht fühlte sie sich ausgelaugt. Sie zog sich um, trat hinaus in die kalte Nacht. Die

Straßenbahn würde sie wieder nach Hause bringen. In ihr trostloses Zimmer. In ihr Leben, das sich anfühlte wie ein leeres Blatt Papier, auf dem schon lange niemand mehr etwas geschrieben hatte.

Sie fragte sich, wie lange sie das noch durchhalten konnte.

Helmuts Tag begann mit drei Einsätzen, die ihn durch verschiedene Stadtviertel führten. Er hatte sich seine Werkzeugtasche über die Schulter geworfen, war in den zugewiesenen Transporter geklettert und fuhr los. Der erste Einsatz führte ihn in einen alten Plattenbau am Rand der Stadt. Die Rohre waren alt, marode, und das Wasser roch nach Rost und Fäulnis.

Als er ankam, wurde er von einer hageren alten Frau empfangen, die ihm sofort mit verschränkten Armen die Tür öffnete und ihn mit einem stechenden Blick musterte.

„Endlich! Ich warte seit drei Monaten! Ich habe jeden Tag angerufen! Und jetzt schicken sie ausgerechnet Sie?!"

Helmut zog die Schultern hoch, nickte nur und trat ein. „Dann schauen wir mal, was wir hier haben."

In der Küche zeigte sich das Problem sofort: Die Spüle war verstopft, das Wasser stand trübe und stinkend bis zum Rand.

„Das Zeug läuft nicht mehr ab. Ich kann nix mehr abwaschen. Und der Gestank! Die hätten Sie längst schicken müssen!"

„Ich bin jetzt hier, also lassen Sie mich machen."

Er kniete sich hin, schraubte das Rohr auf, ein Schwall übelriechender Brühe ergoss sich in den Eimer, den er geistesgegenwärtig unter die Leitung gehalten hatte.

„Pfui Teufel", murmelte er. In der Leitung saß eine dicke, fettige Masse, eine Mischung aus Essensresten und Seifenrückständen.

„Was kippen Sie eigentlich alles hier rein?" fragte er.

Frau Gerber fauchte. „Gar nichts! Ich bin sauber! Die Rohre sind alt! Schon mein Mann hat gesagt, dass das irgendwann alles zusammenbrechen wird!"

„Ihr Mann war bestimmt ein kluger Mann."

Er schabte die Masse heraus, spülte mit einer säuerlichen Lösung nach und prüfte den Abfluss. Langsam, aber sicher, lief das Wasser wieder ab.

„So, das hält erstmal ne Weile."

„Wollen Sie einen Tee?" fragte sie plötzlich.

„Nein, danke. Ich hab noch zu tun."

Er packte seine Sachen und war weg.

Das nächste Ziel war ein anderer Plattenbau, eine Familie mit zwei kleinen Kindern. Die Heizung tropfte, und es war Winter.

„Kommen Sie rein, schnell! Es ist eiskalt! Der Hausmeister hat gesagt, es dauert Wochen, bis jemand kommt, und dann stehen Sie plötzlich hier! Ein Wunder!" rief Frau Kovac, als sie die Tür aufriss.

„Ja, ein Wunder", murmelte Helmut und trat ein.

Die Wohnung war warm, viel wärmer als sie hätte sein dürfen. Helmut kniff die Augen zusammen. „Die Heizung läuft doch?"

„Ja, aber das Tropfen! Die Feuchtigkeit zieht in die Wand! Wir werden krank!"

Er seufzte, öffnete das Heizungsventil und stellte fest, dass das Problem eine lockere Mutter war. Ein paar Drehungen mit dem Schraubenschlüssel, und das Leck war gestopft.

„Das war's?" fragte Frau Kovac.

„Das war's."

Sie sah ihn fassungslos an. „Und dafür mussten wir drei Monate warten?"

„Tja."

„Das ist doch alles ein Witz!"

„Ja."

Er nahm sein Werkzeug und verließ die Wohnung, während sich Frau Kovac weiter echauffierte.

Die letzte Station war ein kleines Appartement im obersten Stock. Herr Brenner, ein ehemaliger Ingenieur, wartete mit verkniffenem Gesichtsausdruck.

„Das Wasser bleibt eiskalt. Ich hab's selbst versucht, aber keine Chance."

Helmut überprüfte die Anschlüsse, klopfte mit dem Schraubenschlüssel an den Boiler, schüttelte den Kopf.

„Heizstab durchgebrannt."

„Und jetzt?"

„Jetzt brauchen Sie einen neuen Boiler."

„Wissen Sie, wie lange ich darauf warten muss?"

„Mindestens sechs Monate, vielleicht ein Jahr."

Herr Brenner presste die Lippen aufeinander. „Und was mache ich solange? In kaltem Wasser baden?"

„Ziemlich sicher."

„Das ist doch alles eine verdammte Farce."

„Ja."

Brenner sah ihn an, dann nickte er. „Sie können nichts dafür."

„Nein."

„Aber Sie sind Teil des Systems."

„Ja."

Helmut nahm seine Sachen und machte sich auf den Heimweg. Der Tag war vorbei, und er war erschöpft. Er fuhr mit dem Bus zurück in seine eigene Wohnung, setzte sich auf sein durchgesessenes Sofa und starrte an die Wand. Wieder ein Tag geschafft. Morgen würde es genauso weitergehen.

Helmut schob sich müde aus dem Bett. Freitag. Letzter Arbeitstag. Er hasste die Wochenenden fast genauso wie die Arbeit. Was sollte er mit seiner freien Zeit anfangen? Denken? Trinken? Ins Leere starren? Trotzdem fühlte sich der Freitag immer an wie ein kleiner Sieg über das System.

Else fühlte dasselbe. Sie stand in der Fabrik, beobachtete, wie sich die immer gleichen Maschinen immer gleich bewegten, während ihre Kollegen das taten, was sie immer taten: das Maul aufreißen, sich über belanglose Dinge aufregen und dabei vergessen, dass sie alle in demselben Dreck steckten.

„Endlich Freitag", sagte Renate neben ihr und zog eine lange Schnute. „Wenn ich noch eine weitere Woche mit diesem Gestank in der Nase arbeiten müsste, würd ich freiwillig auf die Straße kotzen."

„Mach doch. Vielleicht nimmt dich dann einer mit und erlöst dich."

„Haha, sehr witzig, Else."

In Helmuts Welt sah es ähnlich aus. Der erste Kunde hatte eine undichte Toilette. Als Helmut ankam, fand er einen Mann vor, der ihm mit verschränkten Armen die Tür öffnete.

„Endlich. Ich hab seit Wochen Scheiße im Bad stehen. Was dauert denn hier so lange?"

„Bürokratie", brummte Helmut und machte sich an die Arbeit.

Die zweite Kundin war eine resolute Frau Mitte 50, die ihn schon auf der Schwelle ankeifte, weil ihr Boiler nicht mehr richtig lief.

„Für was bezahl ich eigentlich Steuern, wenn nichts funktioniert?"

„Wenn Sie mir das erklären können, bekommen Sie von mir ein Bier."

„Ich will kein Bier, ich will heißes Wasser!"

Der dritte Auftrag war ein simpler Rohrbruch in einer Altbauwohnung. Hier wurde er mit einer Tasse lauwarmem Ersatzkaffee begrüßt und einem alten Mann, der kaum noch Kraft hatte, sich aufzuregen.

„Glauben Sie, es wird irgendwann besser?" fragte er Helmut, während der an der Leitung werkelte.

Helmut lachte kurz auf. „Kommt drauf an, was Sie mit ‚besser' meinen."

„Dass man nicht mehr jeden Tag mit diesem bleiernen Gefühl im Magen aufwacht."

Helmut zuckte mit den Schultern. „Ich arbeite nur an Rohren, nicht an Weltproblemen."

Nach Feierabend saß er im Bus, fuhr durch die dunklen Straßen. Der Stadtnebel lag wie ein graues Tuch über den Gebäuden, als würde er sie langsam ersticken. Er entschied sich, zu Else zu fahren.

Sie öffnete die Tür, und als sie ihn sah, erhellte sich ihr Gesicht für den Bruchteil einer Sekunde, bevor sie sich wieder in ihre gewohnte Zurückhaltung hüllte.

„Na, du stinkst immer noch nach Arbeit", sagte sie.

„Ja, aber ich kann auch anders riechen."

„Das will ich sehen."

Sie zog ihn in die Wohnung, und noch bevor sie die Tür hinter ihm schließen konnte, fielen sie übereinander her. Es war nicht sanft, es war nicht liebevoll – es war gierig, hungrig, rau. Helmut packte sie, hob sie auf den Küchentisch, ließ seine Hände unter ihren Stoff gleiten. Else stöhnte auf, ihre Fingernägel krallten sich in seinen Rücken, als wollte sie ihn festhalten, ihn nicht loslassen, nicht hier, nicht in dieser Welt, in der alles nur noch aus kaltem Beton und stumpfer Monotonie bestand.

Die alte Holzplatte des Tisches knarrte unter ihrem Gewicht, während sie sich ineinander vergruben, jede Berührung roh und drängend. Else warf den Kopf zurück, ihre Lippen zitterten, während Helmut ihre Haut mit Küssen bedeckte, als wolle er sich daran festhalten, als wäre sie das letzte Stück Menschlichkeit, das er noch hatte.

Als sie schließlich erschöpft nebeneinander saßen, beide schwer atmend, grinste Else.

„Verdammt, Helmut. Ich glaube, ich mag den Freitag doch."

Er schnaubte. „Wenigstens ein Tag in der Woche, der sich lohnt."

Dann grinste er und hob sie einfach hoch. Else kreischte überrascht, dann lachte sie, als er sie zum Sofa trug.

„Noch nicht genug?", fragte sie grinsend.

„Ich will's diesmal anders."

Er ließ sich mit ihr auf das alte Sofa sinken, diesmal langsamer, bedachter. Seine Hände erkundeten sie, sanfter, seine Lippen fanden ihren Nacken, ihren Bauch, jeden Zentimeter Haut, als würde er sie auswendig lernen wollen. Else hielt ihn fest, ließ ihn gewähren.

„Ich wusste nicht, dass du zärtlich sein kannst", flüsterte sie.

„Ich wusste nicht, dass ich's noch kann."

Helmut blieb das ganze Wochenende. Nach der Arbeit am Freitag hatte er sich entschieden, nicht in seine eigene, trostlose Wohnung zurückzukehren. Stattdessen blieb er bei Else.

Am Samstagmorgen wachten sie spät auf, und zum ersten Mal seit einer Ewigkeit fühlte sich der Morgen nicht wie eine verdammte Pflicht an. Kein Wecker, kein Schichtbeginn, keine Maschinen, die sie riefen. Else stand in ihrem ausgeleierten Shirt in der winzigen Küche und versuchte, aus den kümmerlichen Vorräten etwas zu zaubern.

„Ich hab zwei Dinge: Pulver und Wasser. Was soll es sein?"

„Überrasch mich", sagte Helmut und rieb sich verschlafen die Augen.

Else verzog das Gesicht. „Dann rühr ich's diesmal gegen den Uhrzeigersinn an, vielleicht schmeckt's dann nach was."

„Gute Idee, wenn wir Glück haben, mutiert es zu einem richtigen Frühstück."

Sie setzten sich an den kleinen Tisch, schauten sich an, und dann passierte es – sie lachten. Richtig, laut, hemmungslos. Über das elende Essen, über die ganze verdammte Misere, über sich selbst.

„Weißt du noch, wie Frühstück früher war?" Fragte Else, als sie sich ein wenig beruhigt hatten.

„Klar. Kaffee, echtes Brot. Kein Scheißpulver, das nach nasser Pappe schmeckt. Ich hatte immer Marmelade. Selbstgemacht. Meine Mutter hat das Zeug in Massen produziert."

„Marmelade? Echt jetzt?" Else lachte. „Meine Oma hat Marmelade gemacht. Ich fand's eklig. War immer zu süß."

„Du hast echt keinen Geschmack. Das war das Beste."

Sie erzählten sich Kindheitsgeschichten. Wie Helmut einmal versucht hatte, seinen kleinen Bruder mit einem Gartenschlauch zu ertränken. Wie Else als

Kind eine komplette Packung Kaugummi verschluckt hatte, weil sie dachte, dann könne sie stundenlang Seifenblasen pusten. Sie alberten herum, machten sich über ihre jüngeren Ichs lustig, und für einen Moment vergaßen sie, wo sie waren.

Der Samstag verlief faul. Sie tranken lauwarmen Ersatztee, sahen aus dem Fenster, erfanden absurde Geschichten über die Leute, die vorbeigingen.

„Der da drüben mit dem langen Mantel? Der ist ein Geheimagent. Ich wette, er schmuggelt echten Kaffee in die Stadt."

„Unsinn, der sieht eher aus, als würde er Klofrauen erpressen."

„Vielleicht macht er beides."

Sie lachten wieder. Else warf ein Kissen nach Helmut, er fing es auf und zog sie auf sein Knie.

„Ich hab vergessen, wie es sich anfühlt, einfach so zu reden", sagte sie leise.

„Ich auch."

Der Sonntag kam und ging. Sie lagen lange im Bett, taten nichts, sprachen über alles. Die Welt draußen existierte nicht. Keine Arbeit, keine Regeln, keine Angst. Nur sie beide, in ihrer eigenen kleinen Blase.

„Denkst du manchmal daran, einfach wegzulaufen?" fragte Else irgendwann.

„Jeden Tag."

„Aber es gibt keinen Ort, wo sie uns nicht finden würden."

„Nein."

„Trotzdem."

Sie verstummten beide. Träumten ein bisschen, obwohl sie wussten, dass es nichts brachte.

Als der Abend kam, musste Helmut gehen. Er zog seine Jacke an, sie standen an der Tür. Sie sahen sich an, als hätten sie sich gerade erst kennengelernt und müssten sich nun wieder trennen.

„War ein gutes Wochenende", sagte er.

„Ja. War es."

Er wollte noch etwas sagen, doch dann schüttelte er nur den Kopf und trat nach draußen. Der Bus kam wenig später, rumpelte durch die nächtlichen Straßen. Helmut lehnte sich zurück und schloss die Augen. Morgen würde alles wieder von vorn beginnen. Aber wenigstens hatte er jetzt etwas, worauf er sich am nächsten Freitag freuen konnte.

Die Woche zog sich wie alter Kaugummi. Die Maschinen ratterten, das Neonlicht flackerte gelegentlich, und die Gespräche zwischen den Kollegen waren eine Mischung aus beißendem Spott und müdem Galgenhumor.

„Weißt du, Else", meinte Renate am Mittwoch, während sie einen Sack mit Nahrungspulver aufriss, „ich habe beschlossen, den Laden hier einfach mal brennen zu lassen. Nur um zu sehen, ob irgendwas anderes passiert als noch mehr Scheiße."

„Mach das. Vielleicht gibt's dann wenigstens was Warmes zu essen", murmelte Else und warf einen missmutigen Blick auf die Schichtleitung, die mit verschränkten Armen in der Ecke stand und tat, als wäre sie wichtiger als sie war.

„Wäre ein Fortschritt", meinte Renate und grinste.

Auch Helmut hatte seine Begegnungen. Er war an drei verschiedenen Tagen mit einem Vorarbeiter aneinandergeraten, der sich zu wichtig nahm.

„Helmut, warum dauert das so lange?" fauchte der Typ, als Helmut am Donnerstag gerade eine Rohrverstopfung löste.

Helmut zog die Augenbrauen hoch. „Willst du die Scheiße rausziehen oder soll ich?"

„Pass bloß auf, Klempner. Leute wie du sind ersetzbar."

„Ja? Dann mach's doch selbst, du Wichser."

Freitag kam schneller als erwartet, und als die Schicht vorbei war, zog Helmut los. Diesmal nicht direkt zu Else. Erst musste er nach Hause.

Helmut trat in seine Wohnung, schloss die Tür hinter sich und schob einen alten Holztisch zur Seite. Dahinter, unter einer losen Bodendiele, lag sein Geheimnis: Ein Bündel Bargeld, dick geschnürt, alte, fast vergessene Scheine. Das Zeug, für das man sterben konnte.

Er steckte es tief in seine Jackentasche, zog seine Mütze ins Gesicht und machte sich auf den Weg zu Else.

Als er ankam, öffnete sie die Tür mit einem müden, aber erwartungsvollen Lächeln. Doch bevor sie irgendetwas sagen konnte, packte Helmut sie und warf sie auf den Küchentisch.

„Du hast mich vermisst", stellte er mit einem Grinsen fest.

„Halt die Klappe", keuchte sie, als er sich über sie beugte.

Wieder knarrte der Tisch unter ihnen, wieder war es roh, gierig, diesmal fast schon mechanisch. Sie brauchten das – eine Ablenkung, eine Lüge, dass sie für einen Moment nicht in dieser Stadt, in diesem verdammten System lebten.

Als sie schließlich nebeneinander saßen, verschwitzt, atmend wie nach einem langen Sprint, holte Helmut das Bündel aus der Tasche und warf es auf den Tisch.

„Was ist das?" fragte Else und starrte auf das Geld, als hätte sie einen Geist gesehen.

„Unser Ticket raus hier."

„Bargeld? Bist du wahnsinnig?"

Helmut sah sie an, sein Blick fest, entschlossen. „Ich habe genug für uns beide. Ich hab einen Plan. Wir hauen ab, Else."

Sie schwieg. Ihr Blick wanderte zwischen den Geldbündeln und Helmuts Gesicht hin und her. Etwas in ihrer Miene veränderte sich – kaum merklich, ein kaum wahrnehmbares Flackern. Ein Schatten huschte darüber. Dann stand sie langsam auf, strich mit der Hand über die abgenutzte Tischplatte, als müsse sie sich vergewissern, dass sie noch da war, dann ging sie zum Schrank, wühlte in einem Stapel alter Shirts.

Helmut runzelte die Stirn. „Was machst du da?"

Else sagte nichts. Ihre Finger gruben sich in den Stoff, schoben ihn beiseite, bis sie das fand, wonach sie suchte. Sie zog ein kleines Funkgerät hervor. Das matte Metall glänzte im trüben Licht der einzigen Glühbirne im Raum.

Helmut spürte, wie ihm plötzlich kalt wurde, obwohl der Raum stickig war. „Else...?"

Sie drehte sich zu ihm um, hielt das Funkgerät fest umklammert. Ihr Daumen schwebte einen Moment über der Sprechtaste, dann drückte sie sie entschlossen.

„Sie können ihn jetzt abholen."

Ein leises Knistern durchbrach die Stille. Dann eine Stimme, sachlich, kalt: „Verstanden."

Helmuts Magen zog sich zusammen. Sein Herz setzte einen Schlag aus, dann raste es los.

Er starrte Else an, als hätte sie ihm ein Messer in den Bauch gerammt. Sein Mund öffnete sich, doch kein Laut kam heraus.

„Du...“

Sie wich seinem Blick nicht aus. Ihre Schultern waren gerade, ihre Augen ruhig, fast resigniert.

„Es war nicht anders möglich, Helmut. Du hast es nur nicht gesehen.“

Die Worte trafen ihn wie ein Schlag. Der Raum um ihn herum begann zu schwanken.

„Ich... ich habe das für uns getan, Else. Für dich. Für uns beide!“ Seine Stimme überschlug sich beinahe.

„Nein“, sagte sie ruhig. „Du hast es für dich getan.“

Seine Gedanken rasten. Alles ergab plötzlich einen schrecklichen Sinn. Ihre Unruhe in den letzten Tagen, ihre Blicke, die er nicht deuten konnte. Sie wusste es. Die ganze Zeit.

Ein dumpfes Geräusch riss ihn aus seinen Gedanken – Schritte. Schwere Stiefel auf dem Gang.

Sein Blick flog zur Tür. Keine Zeit. Keine Chance.

Er sprang auf, riss den Stuhl um. „Else, bitte—“

Doch sie stand einfach da, reglos, unbeweglich.

Draußen hörte man das metallische Klirren von

Waffen, das Murmeln von Befehlen.

„Warum?" fragte er leise.

Else schluckte. Für den Bruchteil einer Sekunde zitterten ihre Finger. Dann sagte sie:

„Weil ich leben will."

Dann brachen die Männer die Tür auf.

ERSTICKTE FREIHEIT

Sonntagabend, kurz nach elf. Willie glotzt immer noch auf den verdammten Bildschirm. Die Seite ist nicht mehr ganz leer, aber die Worte, die da stehen, fühlen sich an wie kalter Kaffee. Vielleicht eine Geschichte, vielleicht bloß Geschwafel. Scheiß drauf.

Das Wochenende? Ein Totalausfall. Er hat nix gemacht, nix erlebt, nix gefühlt – außer dieser bleiernen Leere, die sich wie ein fetter Kater auf seine Schultern setzt. Die Pappe gammelt immer noch in der Küche, das Geschirr riecht langsam nach altem Bier und die Wäsche? Hängt da rum wie ein Bittsteller. Ihm egal. Morgen vielleicht. Oder nächste Woche. Oder nie.

Sein Kopf ist Matsch. Gedanken? Ein wirrer Haufen Müll, der von hier nach da fliegt, ohne Ziel, ohne Plan. „Erstickte Freiheit" – was für ein geiler Titel. Klingt fast poetisch. Freiheit war mal was Schönes, jetzt fühlt sie sich an wie ein Loch, in dem er sitzt. Er kann tun und lassen, was er will – und trotzdem läuft alles auf nichts hinaus. Interessiert sich ja eh keine Sau dafür. Abgeschoben aufs Abstellgleis.

Etliche Bücher hat er im letzten Jahr geschrieben. In nur einem einzigen Jahr! Jedes einzelne hat ihn mehr Hirnschmalz gekostet als sein gesamter verdammter Job in den letzten zwanzig Jahren. Und was ist? Nichts. Kein Ruhm, keine Scheißmillionen, nicht mal ‚ne lausige Fanbase. Das nächste Buch wächst, aber eher wie Schimmel als wie ein Meisterwerk. Vielleicht, weil er nicht mehr dran glaubt. Vielleicht, weil er einfach zu müde für diesen Mist ist. Und zu faul.

„Warum machst du es dann überhaupt noch?" fragt eine Stimme in seinem Kopf. Tja, warum eigentlich? Weil es das Einzige ist, was er kann? Weil er nicht weiß, was er sonst tun soll? Oder einfach nur, weil es mittlerweile Gewohnheit ist, sich die Nächte mit sinnlosem Tippen um die Ohren zu schlagen, in der vagen Hoffnung, dass irgendwann jemand auf seine Worte stößt und sie versteht? „Haha. Träum weiter, du Idiot." Ja, danke. Er weiß.

Er denkt an früher. An die ganzen Stimmen. Sein alter Herr mit seinem Befehlston, die Frauen mit ihrem Gemecker, die Kumpels, die kamen und gingen. Hat ihn genervt. Jetzt? Vermisst er es fast. Aber eben nur fast. Denn sich wieder reinquatschen lassen? Nein, danke. Lieber krepieren in der eigenen verdammten Stille. Eine beschissene Zwickmühle.

„Aber du hast doch Ruhe, genau das wolltest du doch?" Ja, schon. Und trotzdem fühlt er sich manchmal, als würde er ersticken. Als wäre diese verdammte Freiheit nichts weiter als eine andere Art von Gefängnis. Ohne Gitter, ohne Wärter, aber genauso gnadenlos. Er kann tun, was er will – und tut nichts. Kann überall hin – und bleibt sitzen. Kann mit jedem sprechen – und schweigt.

Er zündet sich ‚ne Kippe an, starrt in die Dunkelheit draußen. Die Stadt pennt, während er hier hockt und sich fragt, ob das hier alles ist. Ob irgendwann irgendjemand seine Bücher liest. Ob irgendjemand merken würde, wenn er morgen einfach nicht mehr aufsteht.

„Natürlich nicht, du Depp. Wer soll das denn merken?" Vielleicht der Postbote, wenn er irgendwann merkt, dass Willies Briefkasten nicht mehr geleert wird. Vielleicht die Nachbarn, wenn es irgendwann aus seiner Wohnung stinkt. Vielleicht auch niemand. „Na, das ist doch mal ‚ne schöne

Erkenntnis. Prost darauf." Er nimmt einen Schluck aus der Bierflasche neben sich. Schale Plörre, aber besser als nichts.

Keine Antwort. Nur der Rauch, der aufsteigt und sich verzieht, als hätte er nie existiert. Genau wie der Rest von uns.

Montagmorgen. Oder Mittag. Keine Ahnung. Scheißegal. Willie wacht auf, starrt an die Decke, und der erste Gedanke, der ihm in den Kopf schießt: Warum? Warum aufstehen, warum atmen, warum weitermachen? „Weil du sonst nichts hast, du Trottel. Und weil du pissen musst." Stimmt. Er pellt sich aus dem Bett, geht schiffen, wankt in die Küche, ignoriert das Geschirr, das ihn vorwurfsvoll anstarrt, und macht sich einen Kaffee. Schmeckt Scheiße, aber was soll's.

Seine Töchter? Seit drei Jahren kein Wort von seiner Jüngeren. Drei Jahre. Und die Ältere samt Enkel? Ein halbes Jahr Funkstille. Anfangs hatte er noch gewartet, gehofft, sich gefragt, was er falsch gemacht hatte. Jetzt? Scheiß drauf. Noch nicht einmal für sein Weihnachtsgeschenk hat sich der kleine Fratz bedankt. Sollen sie doch in ihren perfekten kleinen Leben weitermachen, in denen kein Platz für den alten Mann mit seinen verstaubten Geschichten ist. Er hat aufgegeben, sich zu fragen, warum. Ist auch einfacher so. „Und, tut's weh?" Hm. Vielleicht ein bisschen. Aber das vergeht auch.

Sein Minijob ist die reinste Farce. Er sitzt da, arbeitet seine Stunden ab, hört sich das belanglose Geplapper seiner Kollegen an. Über ihre Urlaube, ihre neuen Handys, die Scheiße, die sie im Fernsehen schauen. Ein endloses Gequake über nichts. Niemand fragt, wie es ihm geht. Und wenn doch, dann erwarten sie keine ehrliche Antwort. „Alles gut?" Klar, was soll er auch sagen? Dass er sich manchmal fühlt, als würde er langsam verschwinden? Dass ihn nichts mehr wirklich interessiert? Dass es ihm egal wäre, wenn er morgen nicht mehr aufwacht? Nein, das will keiner hören. Also nickt er, murmelt ein „Muss ja" und geht weiter.

Und dann die anderen Leute. Die, mit denen er sonst noch zu tun hat. Hohlköpfe mit aufgeblasenen Egos, mit Sätzen voller heißer Luft. Jeder will sich selbst hören, keiner will wirklich reden. So viel Oberflächlichkeit, dass er manchmal denkt, er sei unter einer Schicht aus Plastik begraben. Smalltalk. Gekünsteltes Lächeln. Diese elendige Leere in den Gesprächen. Er spielt mit, weil es einfacher ist. „Du bist auch nicht besser." Wahrscheinlich nicht.

Die einzige Ausnahme? Eine Freundin. Sie schreiben sich manchmal. Sie fragt, wie es ihm geht, und er lügt nicht ganz so viel wie bei den anderen. Er sieht sie nur selten, aber ihre Worte sind wenigstens nicht so leer wie der Rest. Vielleicht bedeutet ihm das mehr, als er sich eingestehen will. „Aber am Ende bist du doch allein." Ja. Und langsam, aber sicher, macht ihm das nicht mal mehr was aus.

Er trinkt seinen Kaffee aus, spült die Tasse nicht ab. Die kann warten. Alles kann warten. Er zündet sich eine Kippe an und starrt aus dem Fenster. Die Welt da draußen dreht sich weiter, völlig unbeeindruckt davon, ob er noch mitspielt oder nicht. Also gut. Noch eine Runde. Noch ein verdammter Tag.

Halbdrei. Willie reibt sich die Augen, blinzelt auf die Uhr und murmelt ein herzhaftes „Scheiße." Sein Fußpflegetermin war um halbzwei. Verpasst. Komplett verpennt. Ist jetzt auch egal, sollen die sich ihre Hornhauthobel sonst wohin stecken. Vielleicht hätte er gestern besser doch nicht noch den letzten Joint durchgezogen. Aber wer kann denn ahnen, dass der einen so dermaßen ausknockt?

Egal. Erst mal Frühstück. Zwei labbrige Scheiben Toast, die er mit dem Messer notdürftig vom Schimmel befreit. Käse drauf. Fertig. Ein Gourmetfrühstück für die resignierte Seele. Während er kaut, glotzt er auf den Bildschirm. Nachrichten. Die übliche Grütze. Politik, Skandale, Weltuntergang in Zeitlupe. Ein Minister tritt zurück, ein anderer hält sich für den Heiland, irgendwo in Bayern will wieder einer zurück zur guten alten Zeit, die nur für Reiche gut war. Blablabla. Alles dieselbe Scheiße in neuer Verpackung.

Er scrollt durch die Online-Zeitungen, regt sich über alles auf und weiß doch, dass sich nichts ändert. Bundestagswahl in ein paar Wochen. Wen soll er wählen? SPD? Haben sich selbst kastriert. Grüne? Wer einmal umkippt, fällt immer wieder. CDU? Die haben noch nie eine gute Idee gehabt, außer für ihre Kumpels in der Wirtschaft. FDP? Haha. Die AfD kann sich gepflegt ficken. Linke? Sind auch nicht mehr das, was sie mal waren. Wagenknecht? Pfff, als ob er sich freiwillig noch mal ,ne SED-Tussi ins Parlament holt. Er klickt sich weiter durch die endlose Spirale aus Enttäuschung und fühlt sich ein weiteres Mal bestätigt: Politik ist wie ein verdammtes Karussell aus Nieten.

Nach zwanzig Minuten Scrollen wirft er den Laptopdeckel zu und starrt ins Leere. Alles dreht sich. Alles bewegt sich. Nur er sitzt hier rum, festgeklebt wie alter Kaugummi unterm Kneipentisch. Noch ein Tag, an dem er nichts auf die Reihe kriegt. Noch ein Tag, an dem er lebt, ohne wirklich zu leben. Vielleicht sollte er einfach mal rausgehen. Ein bisschen frische Luft schnappen.

Vielleicht einen Kaffee trinken in einem dieser hippen Läden, wo die Leute so tun, als hätten sie den Code zum Leben geknackt.

Stattdessen macht er sich eine weitere Kippe an. Prost, Welt. Auf noch einen Tag im stillen Existenzsumpf. Vielleicht schreibt er nachher weiter an seinem Buch. Vielleicht auch nicht. Scheiß der Hund drauf.

Ein paar Stunden später schleppt er sich runter zum Briefkasten. Erwartet nichts Gutes. Und richtig – ein offizieller Brief von der Krankenkasse. Er reißt das Ding auf und liest. Beitragserhöhung. Von 220 auf 258 Euro. Er brüllt ein „Fickt euch!" durch den Hausflur, Scheißegal, ob das jemand hört. 480 Euro Rente für 480 Euro Miete, das Wohngeld geht für die Krankenversicherung drauf. Der Minijob hält ihn am Leben, aber was bleibt nach Abzug aller Fixkosten? 40 Euro die Woche für alles. Luxusleben.

Er schmeißt den Brief auf den Küchentisch, setzt sich, starrt auf die Wand. Überlegt. Noch ,nen Minijob? Mehr arbeiten? Geht nicht, nur einer ist zulässig, den Mehrverdienst würden sie ihm gnadenlos vom Wohngeld abziehen. Und wann schreiben? Gar nicht mehr? Hält sich den Kopf. Alles wird teurer, nur er selbst bringt kein bisschen mehr Geld rein. Eine endlose Abwärtsspirale. Vielleicht mal Lotto spielen. Oder Bank überfallen.

Er lacht bitter. Macht sich 'nen Kaffee, schmeckt nach Scheiße, aber was soll's. Wieder eine Runde drehen. Wieder durchhalten.

Plötzlich klopft es an der Tür. Laut. Drängend. Willie zuckt zusammen. Wer zum Teufel? Er erwartet niemanden. Niemand erwartet ihn. Er steht auf, spürt sein Herz in der Brust hämmern. Das ist nicht der Postbote. Nicht um diese Uhrzeit. Ein flüchtiger Gedanke huscht durch seinen Kopf: Hat er irgendwo Schulden? Nein. Doch? Er weiß es nicht mehr. Ein zweites, noch lauteres Klopfen. „Willie, mach auf!", eine Stimme, die er nicht sofort erkennt.

Er geht zur Tür, die Kippe noch zwischen den Fingern. Macht langsam auf. Vor ihm steht ein Typ, den er seit Jahren nicht gesehen hat. Langer Mantel, verlebtes Gesicht, eine Narbe über der Lippe. „Wir müssen reden, Willie. Jetzt."

Sein Magen verkrampft sich. Kein Smalltalk, keine Begrüßung. Einfach direkt in die Scheiße. Willie nimmt einen tiefen Zug von der Kippe und lehnt sich gegen den Türrahmen. „Scheiße, Erik. Was willst du?"

Erik schiebt sich ohne zu fragen an Willie vorbei in die Wohnung, lässt sich auf den schäbigen Stuhl am Küchentisch fallen und wirft einen prüfenden Blick durch den Raum. Sein Blick bleibt kurz auf dem

Brief von der Krankenkasse hängen, dann wendet er sich wieder Willie zu.

„Du bist nicht gerade in Topform, was?" Erik zieht eine Zigarette aus der Packung und zündet sie an. „Aber Scheiß drauf. Ich brauche dich."

Willie schnaubt. „Du brauchst mich? Seit wann? Das letzte Mal, als du mich gebraucht hast, ging's um 'ne Schlägerei, die ich für dich ausbaden durfte. Also spar dir den Scheiß und komm zum Punkt."

Erik grinst schief. „Das hier ist was anderes. Es geht um Kohle. Viel Kohle."

Willie lehnt sich in seinen Stuhl zurück und mustert Erik. „Über wie viel Kohle reden wir hier?"

Erik zieht ein zerknittertes Stück Papier aus seiner Jackentasche, legt es auf den Tisch und schiebt es zu Willie. „Genug, um uns beide für eine lange Zeit aus dem Dreck zu holen. Ein Transporter. Gut gefüllt. Keine großen Wachen, keine dicken Waffen."

Willie nimmt den Zettel, faltet ihn langsam auf und überfliegt die Zahlen und Details. Sein Magen zieht sich zusammen. „Und was, wenn's schiefgeht?"

Erik lehnt sich vor, klopft mit den Fingern auf den Tisch. „Dann sind wir geliefert. Aber wenn's klappt, sind wir raus. Keine Schulden mehr, keine miesen Jobs, kein Scheiß Minilohn. Nur Freiheit."

Willie zieht an seiner Zigarette, lässt den Rauch langsam aus seiner Lunge entweichen. In seinem Kopf dreht sich alles. „Wann soll das passieren?"

Erik grinst. „Morgen Nacht."

Willie schließt die Augen und seufzt. „Verdammte Scheiße, Erik."

Er weiß, dass es ein Fehler war. Aber er weiß auch, dass er es tun würde.

Willie starrt auf den Zettel. Die Zahlen darauf wirken surreal, wie eine schlecht geschnittene Filmszene aus einem Gangsterstreifen der 90er. Ein Transporter voller Geld. Kein großes Risiko, wenn Erik recht hatte. Aber Erik hatte selten recht, wenn es um Konsequenzen ging. Er sah immer nur das große Ziel, die glänzende Karotte am Ende des Stocks, nie die verdammte Grube, in die man treten konnte.

Willie reibt sich über das Gesicht. Sein Schädel brummt, als hätte er ihn in einen Eimer abgestandenes Bier getaucht. „Und du bist dir sicher, dass das klappt?"

Erik bläst eine Rauchwolke in den Raum. „So sicher, wie man sich eben sein kann. Wir haben einen Zeitplan. Die Route. Den Ablauf. Ich hab sogar eine Möglichkeit, das Ding untertauchen zu lassen, sobald wir's haben. Keine Waffennarren, keine Sicherheitsleute mit schnellen Abzugsfingern. Nur zwei Typen, die nicht mal richtig aufpassen."

Willie steht auf, geht zum Fenster. Draußen zieht die Nacht über die Dächer der Stadt, gelbliche Lichter spiegeln sich in den Pfützen auf dem Asphalt. Der Regen hat irgendwann aufgehört, aber die Feuchtigkeit liegt noch in der Luft.

„Du brauchst mich als Fahrer?" fragt er schließlich, ohne Erik anzusehen.

„So sieht's aus. Du hast immer noch das beste Gefühl für sowas. Keine Hektik, keine Panik, genau das, was wir brauchen."

Willie lacht trocken. „Du tust ja fast so, als wär ich noch derselbe Typ von damals."

Erik zieht die Augenbrauen hoch. „Bist du nicht?"

Gute Frage. Er weiß es nicht. Damals war er impulsiv gewesen, schnell auf den Beinen, immer bereit, sich irgendwo rauszuwinden, wenn's brenzlig wurde. Jetzt? Er war müde. Müde von allem. Aber vielleicht war genau das der Punkt. Vielleicht war es einfacher, sich in etwas reinzustürzen, als weiter an diesem gottverlassenen Schreibtisch zu sitzen und auf leere Seiten zu starren.

„Wann treffen wir uns?"

Eriks Mundwinkel zuckt nach oben. „Morgen Nacht, Viertel vor drei. Alte Lagerhalle am Hafen. Sei pünktlich."

Der nächste Tag kroch dahin wie eine Ratte im Kellerlicht. Willie versuchte zu schreiben, doch jeder

Satz war ein Klotz, der ins Nichts fiel. Die Wäsche hing immer noch auf der Leine, das Geschirr roch mittlerweile nicht nur nach Bier, sondern nach Scheißegal. Er duschte lange, zog eine halbwegs saubere Jacke aus dem Schrank und machte sich auf den Weg.

Die Stadt war still um diese Uhrzeit, als würde sie schlafen, aber nie richtig. Irgendwo bellt ein Hund, ein Obdachloser murmelt sich selbst etwas ins Gesicht, und eine Gruppe Jugendlicher streitet sich an der Bushaltestelle über irgendeinen belanglosen Mist. Willie zieht den Kragen hoch und marschiert weiter.

Die Lagerhalle liegt wie ein toter Brocken Beton am Rand des Hafens, von rostigen Gittern umzäunt. Erik wartete schon, hockt neben einem alten Nissan und zieht an seiner Kippe. Neben ihm steht ein weiterer Typ, den Willie nicht kannte – ein Bär von einem Mann, breites Gesicht, Narben an den Knöcheln.

„Das ist Marco", sagt Erik, als er Willie kommen sieht. „Er hilft uns mit dem Ding."

Marco nickt nur. Kein Smalltalk, kein Lächeln. Gut. Willie mochte es, wenn Leute nicht um den heißen Brei redeten.

„Wir gehen das nochmal durch", sagt Erik. „Der Transporter kommt gegen drei Uhr die Straße runter, hält für genau zwei Minuten an der Ampel, bevor er weiter zum Zentrallager fährt. Wir haben also ein winziges Zeitfenster."

Marco wirft einen Blick auf seine Uhr. „Ich hoffe, du kannst fahren, Alter."

Willie zuckt mit den Schultern. „Besser als du, vermute ich."

„Wollen wir's hoffen." Marco zieht eine Pistole aus seiner Jacke, kontrolliert das Magazin und steckt sie wieder weg. „Nur für den Notfall."

Willie verzieht keine Miene. Er hatte gehofft, dass es ohne lief. Doch irgendwas an Marco sagte ihm, dass Notfälle für den Typen nicht unwahrscheinlich waren.

Die Minuten ziehen sich wie Kaugummi. Willie sitzt am Steuer eines schwarzen Lieferwagens, die Hände auf dem Lenkrad, während Erik und Marco hinten kauern. Der Plan war simpel: Sobald der Transporter hält, springt Erik raus, reißt die Fahrertür auf und erledigt den Rest. Marco sichert ab, Willie ist bereit zur Flucht.

Dann kommen die Scheinwerfer. Der Transporter rollt die Straße entlang, genau wie Erik es gesagt hatte. Willie atmet tief durch, als das Ding langsamer wird, dann hält. Die Ampel ist rot.

„Jetzt", flüstert Erik.

Die Türen öffnen sich fast lautlos. Erik ist schnell, zieht den Fahrer aus der Kabine, während Marco auf der Beifahrerseite zugange ist. Ein dumpfer Schlag, ein überraschter Schrei, dann nichts mehr.

„Rein da!", zischt Erik.

Willie schaltet in den ersten Gang, tritt aufs Gas. Die Reifen quietschen, als sie in die Dunkelheit davonrasen. Sein Herz hämmert, aber sein Kopf bleibt klar. Keine Bullen, keine Alarmanlage. Es läuft. Es läuft wirklich.

Doch in einer Kurve blitzen plötzlich Blaulichter auf. Willie flucht. Ein Straßensperre. Keine Chance zu entkommen.

„Scheiße!" Erik reißt an der Tür, doch Marco hält ihn zurück. „Vergiss es. Aussteigen, Hände hoch. Keine HeldenScheiße."

Die Cops sind schneller. Waffen im Anschlag. Keine Optionen mehr.

Willie sitzt in seiner Zelle. Die Tage sind eintönig, doch wenigstens hat er Ruhe. Er schreibt auf einem Notizblock, mit einem stumpfen Bleistift, an seinem Buch weiter. Die Zeilen fließen langsam, aber stetig.

Eigentlich, denkt Willie, ist es bequemer als in seiner alten Bude. Drei Mal am Tag kommt jemand, bringt Essen, schaut, ob er noch lebt. Wäsche waschen muss er auch nicht mehr. Er grinst. Endlich interessiert sich wieder jemand für ihn.

Schicht im Schacht

Als Abdelkader El Fassi im Herbst 1963 in Deutschland aus dem Zug stieg, roch es nach Kohle, nach Metall, nach feuchtem Asphalt. Ein fremdes Land, in dem ihm die Kälte bereits entgegenschlug, noch bevor er richtig den Bahnsteig betreten hatte. Der Himmel war eine graue Decke, die sich über Oberhausen zog, so tief hängend, als hätte er sich aus Müdigkeit über die Stadt gelegt.

Mit seinem abgetragenen Mantel und dem kleinen Koffer in der Hand sah er sich um. Männer in dunklen Jacken und Mützen eilten mit gesenkten Köpfen an ihm vorbei, als würden sie es vermeiden wollen, zu lange draußen zu bleiben. Abdelkader wusste, dass er hier sein Leben neu beginnen musste, aber gerade jetzt fühlte er sich wie ein Fremder auf einem fremden Planeten.

Am Bahnhof empfing ihn ein älterer Marokkaner namens Rachid, der schon seit ein paar Jahren in Deutschland war. „Komm, Bruder, lass uns gehen, es wird bald dunkel", sagte er in einem rauen Ton. Abdelkader nickte und folgte ihm, sein Herz klopfte unruhig. Rachid führte ihn durch die Straßen, vorbei an engen, dunklen Gassen, in denen nur spärlich Licht aus den Fenstern fiel. Der Geruch von Kohle war allgegenwärtig, er legte sich auf die Haut und in die Kleidung.

Nach einer halben Stunde Fußmarsch erreichten sie eine lange Reihe von Baracken. „Hier wohnst du", sagte Rachid knapp und deutete auf eine der Türen. Er schloss sie auf, und Abdelkader trat ein. Der Raum war klein, vier Feldbetten, ein winziger Tisch mit zwei Stühlen und eine nackte Glühbirne, die flackernd von der Decke hing. In einer Ecke standen ein paar Blechteller und ein großer Wassereimer. Ein Mann lag bereits auf einem der Betten und schnarchte leise.

„Hier gibt es keine Weiber, keinen Luxus. Aber es ist warm, und du kannst schlafen", sagte Rachid und klopfte Abdelkader auf die Schulter. „Morgen früh gehst du zum Vorarbeiter. Sei pünktlich, sonst nehmen sie dich nicht ernst."

Abdelkader ließ sich auf das freie Bett fallen. Die Matratze war hart und roch nach Schweiß und

Staub. Seine Hände streiften über das raue Leinen, während er an seine Familie in Marokko dachte. Seine Mutter hatte ihn gesegnet, sein Vater hatte ihm mit ernster Miene auf die Schulter geklopft. „Ehre die Arbeit", hatte er gesagt. Doch jetzt, in dieser engen, kargen Unterkunft, fragte Abdelkader sich, ob er die richtige Entscheidung getroffen hatte.

Die Nacht war kurz. Der Wecker, ein billiges Ding aus Blech, das jemand auf den Tisch gestellt hatte, ratterte um fünf Uhr morgens los. Abdelkader fuhr hoch, sein Rücken schmerzte. Die anderen Männer erhoben sich langsam, streckten sich und zogen wortlos ihre Kleidung an. Der Arbeitstag begann früh. Er wusch sich mit kaltem Wasser aus dem Eimer, zog seine festen Schuhe an und folgte den anderen hinaus in die Dunkelheit.

Die Zeche lag nicht weit entfernt. Ein riesiger, dunkler Komplex aus Metall und Stein, überragt von hohen Fördertürmen. Die Luft war feucht und schmeckte nach Ruß. Abdelkader stellte sich in die Reihe der Arbeiter, die auf ihren Einsatz warteten. Ein Vorarbeiter mit ölverschmierten Händen musterte ihn. „Neu?", fragte er schroff.

„Ja", antwortete Abdelkader.

„Dann halt die Schnauze und hör gut zu. Unten ist kein Platz für Fehler."

Es gab keine weitere Einweisung. Abdelkader wurde in eine Gruppe eingeteilt und bekam seinen ersten Auftrag. Mit einem alten Helm auf dem Kopf und einem groben Overall an seinem Körper betrat er den Förderkorb, der ihn in die Tiefe brachte. Die Wände der Schächte waren eng, das Licht flackerte. Der Kohlenstaub kroch ihm in die Nase, in die Ohren, unter die Fingernägel. Schon nach einer Stunde spürte er den Druck in seinen Lungen.

Die Arbeit war hart. Schaufeln, Hacken, Tragen. Der Lärm der Maschinen war ohrenbetäubend. Die Deutschen redeten nicht viel, und wenn, dann nur das Nötigste. Abdelkader versuchte mitzuhalten, aber seine Arme brannten bald vor Erschöpfung.

„Langsamer! Sonst hältst du keine Woche durch!", rief einer der älteren Arbeiter ihm zu. Abdelkader nickte nur und biss die Zähne zusammen.

Nach zehn Stunden endete seine erste Schicht. Er kehrte zurück zur Baracke, schälte sich aus dem staubigen Overall und wusch sich notdürftig mit einem feuchten Lappen. Rachid reichte ihm ein Stück Brot und eine Schale Suppe. „War nicht leicht, oder?"

Abdelkader schüttelte den Kopf. „Aber ich muss es schaffen."

„Wir müssen alle", sagte Rachid mit einem müden Lächeln.

Tag für Tag verging. Die Schichten wurden Routine. Abdelkader gewöhnte sich an die Kälte, an den Staub, an die harten Betten. Sein Körper passte sich an. Aber sein Herz, sein Herz war immer noch dort, in Marokko, bei seiner Frau. Nach drei Jahren hatte er genug gespart. Er schrieb nach Hause, ließ seine Frau nachkommen. Nur eine. Denn das Gesetz hier kannte keine zweite.

„Ihre zweite Ehefrau?", fragte der Beamte im Ausländeramt mit hochgezogener Braue. „Gibt es hier nicht."

„Aber in Marokko..."

„Hier ist nicht Marokko. Hier gilt deutsches Recht."

Die Warteräume stanken nach kaltem Zigarettenrauch und Frustration. Abdelkader füllte Formulare aus, sprach mit Leuten, die ihn wie Dreck behandelten. Seine zweite Frau wartete. Wartete Monate, dann Jahre. Er schrieb Briefe, machte Versprechen. Doch Deutschland war nicht Marokko. Und irgendwann hörte sie auf zu warten.

In der Zeche zog sich die Arbeit weiter hin. Abdelkader war ein guter Arbeiter, zuverlässig, nicht zu laut, nicht zu fordernd. Man duldete ihn, solange er funktionierte. Und er funktionierte. Bis er eines Tages an der Bar saß, mit einem Bier vor sich, das er nicht trinken sollte, und sich fragte, was genau er hier eigentlich machte. Ein Mann ohne Heimat, mit einer Frau, die nie kommen würde, und einem Leben, das nach Kohlenstaub schmeckte.

Die Wohnung war klein. Zwei Zimmer, ein Bad, eine Küche, die kaum groß genug war, um sich darin umzudrehen. Das Gas stank manchmal nach altem Metall, die Fenster waren dünn, und wenn der Wind draußen heulte, zog es durch die Wände, als wären sie aus Papier. Aber es war besser als die Baracke.

Abdelkader saß auf dem wackligen Küchenstuhl, das Hemd noch mit Kohlenstaub beschmiert, und starrte auf den dampfenden Teller vor sich. Linsen mit Brot. Er schob das Essen mit der Gabel herum, nahm einen Bissen, kaute langsam. Fatima, seine Frau, saß ihm gegenüber, das Kopftuch leicht nach hinten gerutscht, ein müdes Lächeln auf den Lippen. Sie sah ihn an, prüfend, mit diesen dunklen Augen, die ihm früher Geborgenheit gaben. Jetzt sah er darin etwas anderes – Erschöpfung, vielleicht auch Enttäuschung.

„Du isst kaum", sagte sie und lehnte sich auf die Ellenbogen.

„Bin müde."

„War's schlimm heute?"

Er zuckte mit den Schultern. Was sollte er sagen? Dass sie ihn heute dreimal angemault hatten? Dass der Vorarbeiter ihn „Drecks-Mohammed" genannt hatte, als er sich nach einem Stein in seinem Schuh bückte? Dass sein Rücken sich anfühlte, als hätte jemand ihn mit einem Vorschlaghammer bearbeitet? Dass die Kohle in seiner Lunge brannte, als würde er langsam von innen heraus verrotten? Er schüttelte nur den Kopf.

„Alles wie immer."

Fatima seufzte, nahm seinen Teller und ging zum winzigen Waschbecken. Das Wasser plätscherte. Er hörte, wie sie tief Luft holte, dann den Teller mit einem Lappen bearbeitete, als wolle sie die Sorgen gleich mit abschrubben.

„Ich war heute im Geschäft. Der Deutsche da, der Metzger, hat mich wieder komisch angesehen, als ich nach Halal-Fleisch gefragt habe. Ich glaub, er mag uns nicht."

Abdelkader lachte bitter. „Wer mag uns schon?"

Sie drehte sich zu ihm um, stützte die Hände auf die Hüften. „Willst du ewig so reden? Was sollen wir tun? Uns verstecken?"

Er zuckte mit den Schultern. Es gab keinen guten Rat, keine magische Lösung. Sie waren hier, weil es in Marokko nichts für sie gab. Hier war es hart, aber sie hatten eine Wohnung, Essen auf dem Tisch. Wen interessierte es, dass die Deutschen sie ansahen, als gehörten sie nicht hierher?

„Ich werde mit dem Imam reden", sagte sie schließlich, während sie sich zu ihm an den Tisch setzte. „Vielleicht kann er uns helfen. Vielleicht gibt es eine bessere Arbeit für dich. Oder eine andere Wohnung."

„Vergiss es. Die Arbeit ist, was sie ist. Und eine bessere Wohnung? Von welchem Geld? Von dem bisschen Lohn? Die Stadt gibt uns nichts, und von der Zeche kriege ich gerade so genug, um Miete und Essen zu bezahlen."

Fatima schwieg. Sie wusste, dass er recht hatte. Aber das machte es nicht besser.

Am nächsten Morgen klingelte der Wecker um fünf Uhr. Abdelkader rollte sich aus dem Bett, zog die Hose hoch, stopfte sich ein Brot in den Mund. Fatima saß bereits wach, hatte seinen Tee gekocht, aber sprach nicht viel. Sie wusste, dass seine Tage im Bergwerk nicht besser wurden, wenn sie ihn mit Fragen löcherte.

Draußen war es dunkel, kalt. Die Stadt lag still, nur ein paar andere Arbeiter schlurften in Richtung Zeche. Abdelkader stopfte die Hände in die Taschen, bog um die Ecke. Der Zecheneingang ragte düster vor ihm auf. Wieder ein Tag unter der Erde.

Der Vorarbeiter – ein speckiger Kerl mit dicken Armen und einem Gesicht wie eine zerknautschte Landkarte – brüllte sie zusammen. „Schwingt eure faulen Ärsche! Ihr werdet nicht fürs Rumstehen bezahlt!"

Abdelkader stieg mit den anderen in den Förderkorb, der mit einem Ruck in die Tiefe sauste. Die Luft wurde stickiger, der Gestank von Schweiß und Kohle legte sich auf seine Zunge. Der Lärm war ohrenbetäubend. Hämmer, Presslufthämmer, das entfernte Dröhnen der Förderbänder.

Er schaufelte. Schaufelte, schaufelte. Nach einer Stunde brannten seine Arme. Nach zwei Stunden tat ihm der Rücken weh. Nach fünf Stunden wollte er nur noch sterben.

„Pause!", brüllte jemand.

Er ließ sich auf einen Haufen Steine sinken, nahm einen Schluck Wasser. Neben ihm stöhnte ein älterer Mann, Hans oder Heinz oder wie auch immer er hieß. „Verdammte Scheiße, ich kann nicht mehr", ächzte er.

„Hör auf zu jammern", sagte ein anderer Arbeiter. „Der Marokkaner da macht auch keinen Mucks."

Hans – oder Heinz – sah Abdelkader an, wischte sich den Schweiß von der Stirn. „Hast Glück, dass du jung bist, Freundchen. In zehn Jahren wirst du das auch verfluchen."

Abdelkader sagte nichts. In zehn Jahren? Er wusste nicht mal, ob er morgen wieder hier sein wollte.

Als der Arbeitstag vorbei war, schleppte er sich nach Hause. Fatima wartete bereits mit warmem Essen. Sie redeten nicht viel. Sie wussten beide, dass es nicht viel zu sagen gab.

Nach dem Essen lehnte er sich zurück, schloss die Augen. Fatima beobachtete ihn, dann holte sie einen Brief aus ihrer Schürze.

„Von deiner zweiten Frau", sagte sie leise.

Abdelkader öffnete die Augen, nahm den Umschlag, drehte ihn in den Händen. „Was schreibt sie?"

„Dass sie wartet. Dass es schwer ist. Dass du ihr versprochen hast, sie nachzuholen."

Er seufzte. Das Versprechen. Die verdammten Versprechen.

„Ich kann es nicht ändern", murmelte er und steckte den Brief in seine Jackentasche.

Fatima sah ihn lange an, dann stand sie auf und begann, den Tisch abzuräumen. Sie wusste, dass sie nichts sagen konnte, was ihn nicht noch müder machte, als er es ohnehin schon war.

Die Stadt draußen war kalt. Die Wohnung war klein. Und die Welt war nicht für Männer wie ihn gemacht.

Zehn Jahre waren vergangen. Abdelkader El Fassi war jetzt ein erfahrener Bergmann, einer von denen, die die Zeche schon mit geschlossenen Augen betreten konnten. Die Arbeit war noch immer hart, aber die Löhne waren gestiegen, und mit dem Geld kam ein kleines Stückchen Wohlstand.

Er und Fatima hatten die kleine Wohnung an den Baracken längst verlassen und wohnten jetzt in einer dieser Zechensiedlungen – kleine Backsteinhäuser mit niedrigen Dächern, grauen Fassaden und Gärten, die nie wirklich gepflegt wurden. Ihr Zuhause war immer noch bescheiden, aber es war mehr als ein Zimmer mit vier Betten und einer nackten Glühbirne. Es hatte eine richtige Küche, ein Wohnzimmer mit einem alten Sofa und ein Kinderzimmer. Denn sie hatten jetzt einen Sohn. Karim.

Karim war sechs und besuchte den Kindergarten in der Siedlung. Er sprach besser Deutsch als Arabisch, schrie mit den anderen Kindern herum, baute Türme aus Bauklötzen und lachte über Witze, die Abdelkader kaum verstand. Manchmal saß er am Küchentisch und kritzelte Buchstaben auf ein Blatt Papier.

„Was schreibst du da?" fragte Abdelkader eines Abends, während er seine schweren Stiefel auszog.

„Papa", sagte Karim stolz und zeigte auf die krummen Buchstaben.

Abdelkader grinste und strich ihm über den Kopf. „Das hast du gut gemacht."

Fatima stand am Herd, rührte in einem Topf mit dampfender Suppe. „Er wird bald eingeschult. Die Lehrerin sagt, er ist klug."

„Natürlich ist er das", murmelte Abdelkader, rieb sich müde das Gesicht und ließ sich auf den Küchenstuhl sinken. Sein Rücken schmerzte noch von der Schicht.

Die Zeche hatte sich verändert. Die Maschinen waren moderner, die Schichten waren ein wenig sicherer geworden, und man sprach nicht mehr so oft von tödlichen Unfällen. Doch der Dreck, die Hitze, der Lärm – das alles war geblieben. Abdelkader war stärker geworden, seine Hände schwielig, sein Körper härter. Die Arbeit machte ihn müde, aber sie zahlte die Rechnungen. Und sie gab ihm ein Leben, das er sich früher nicht hätte träumen lassen.

Aber es gab eine Sache, die sich nicht geändert hatte: die Sache mit seiner zweiten Frau. Sie saß immer noch in Marokko, wartete, schrieb Briefe voller Hoffnung, voller Frustration. Und die verdammten Behörden blieben stur.

Einmal im Monat saß Abdelkader im Amt. Ein karger Raum mit kahlen Wänden, eine Frau mit strengem Dutt hinter dem Schreibtisch, die ihn jedes Mal ansah, als wäre er eine Zecke, die sie von ihrem Papierstapel wischen wollte.

„Herr El Fassi, ich weiß, dass Sie regelmäßig kommen, aber ich sage Ihnen immer wieder: Ihre zweite Ehe ist nach deutschem Recht nicht anerkannt. Ihre Frau hat kein Recht, hierherzukommen."

„Aber sie ist meine Frau!" knurrte Abdelkader, die Hände auf die Lehnen des Stuhls gestützt.

„Nicht für uns", sagte die Beamtin und klopfte mit dem Stift auf eine Akte. „Sie können ja eine Scheidung von Ihrer Erstfrau beantragen. Dann wäre der Weg frei für eine reguläre Familienzusammenführung mit Ihrer Zweitfrau."

„Scheidung?" Er lachte bitter. „Und dann? Das ist unmenschlich. Kommt nicht in Frage."

„Dann bleibt die Situation, wie sie ist. Wir können Ihnen nicht helfen."

Es war immer dasselbe Gespräch. Abdelkader verließ das Amt jedes Mal mit einer Wut im Bauch, die ihm den ganzen Tag vermieste. Er ging nach Hause, schmiss die Jacke in die Ecke, ließ sich auf den Sessel fallen und starrte die Wand an.

„Wieder nichts?", fragte Fatima, als sie ihm den Tee hinstellte.

„Wieder nichts."

Sie setzte sich ihm gegenüber, sah ihn lange an. Dann sagte sie leise: „Vielleicht müssen wir es akzeptieren."

Abdelkader schnaubte. „Akzeptieren? Soll sie da unten verrotten? Ein Leben als Schatten führen?"

Fatima seufzte. Sie hatte Mitleid mit der anderen Frau. Aber sie hatte auch Angst. Angst, dass Abdelkader irgendwann nicht mehr kämpfen wollte. Dass er irgendwann aufgeben würde.

Draußen wurde es dunkel. Die Straßenlaternen warfen ein mattes Licht auf die nassen Pflastersteine. In der Zechensiedlung gingen langsam die Lichter aus, ein Haus nach dem anderen. Abdelkader saß noch lange da, den dampfenden Tee in der Hand, den Blick leer auf die Wand gerichtet.

Er wusste nicht, wie lange er diesen Kampf noch führen konnte. Aber eines wusste er ganz sicher: Aufgeben war keine Option.

Wieder waren zehn Jahre vergangen. Die Jahre hatten Abdelkader El Fassi schwer gemacht. Sein Körper war nicht mehr der gleiche, sein Gang etwas langsamer, seine Schultern gebeugt von Jahrzehnten unter Tage. Doch es war nicht nur die Arbeit, die ihn gezeichnet hatte – es war das Leben selbst. Die vielen Kämpfe, die Behördengänge, die ständigen Sorgen um seine Familie.

Die Zeche war Geschichte. Nach einer Miniskusoperation, die ihn drei Monate lang aus der Bahn geworfen hatte, hatte der Vorarbeiter ihn einfach ausgemustert. „Wir brauchen fitte Leute,

Abdel", hatte er gesagt, als wäre das eine Entschuldigung. Er hatte 30 Jahre für die verdammte Zeche geschuftet, und als Dank gab's einen Händedruck und den Rat, doch mal bei der Sozialhilfe vorstellig zu werden.

Jetzt saß er oft auf dem Sofa, das Bein hochgelegt, während die Kinder draußen auf der Straße spielten. Karim war inzwischen sechzehn, groß geworden, die Haare kurz geschnitten, die Hände ständig in den Taschen. Abdelkader konnte ihm ansehen, dass er sich für ihn schämte. Einen Vater auf Sozialhilfe, einen Mann, der früher stark war und jetzt vom Amt abhängig war. „Sozialschmarotzer", hatte Karim einmal im Streit gesagt. Abdelkader hatte ihm eine gescheuert, und seitdem herrschte Stille zwischen ihnen.

Fatima war müde. Sie sorgte sich, aber sagte nicht viel. Sie wusste, dass Abdelkader keine Antworten hatte. Stattdessen war jetzt eine andere Frau eingezogen – seine zweite Frau, Latifa. Nach all den Jahren war es ihr gelungen, mit einem Touristenvisum nach Deutschland zu kommen, und sie war einfach geblieben. Die Behörden wussten es, aber es war ihnen egal. Solange sie nicht auffiel, solange sie sich nicht beschwerte, konnte sie bleiben. Duldung, nannten sie das. Ein Zustand zwischen Existenz und Nichts.

Vier Menschen, vier Schicksale unter einem Dach. Die Wohnung war zu klein, das Geld war zu knapp, die Spannungen waren allgegenwärtig. Fatima hatte sich damit abgefunden, aber manchmal warf sie Latifa Blicke zu, die mehr sagten als tausend Worte. Latifa versuchte, nicht aufzufallen. Sie kochte, putzte, hielt sich im Hintergrund. Doch sie war hier, und das allein war schon Grund genug für Streit.

Der nächste große Kampf kam, als Abdelkader für sie Sozialhilfe beantragen wollte.

„Ihre zweite Ehefrau?" Die Frau beim Amt zog die Augenbrauen hoch. „Aber das ist doch gar nicht rechtmäßig."

„Sie ist hier, sie lebt mit mir, sie hat nichts."

„Dann muss sie zurück nach Marokko."

„Wie denn? Von welchem Geld? Sie hat niemanden mehr dort!"

Die Sachbearbeiterin zuckte mit den Schultern. „Wir können keine Unterstützung für eine Person gewähren, die offiziell nicht hier sein sollte."

„Also soll sie was tun? Auf der Straße schlafen?"

„Das ist nicht unser Problem, Herr El Fassi."

Wut brodelte in ihm. Seine Hände ballten sich zu Fäusten. Er dachte an all die Jahre, in denen er für dieses verdammte Land geschuftet hatte. In denen er Steuern gezahlt hatte. In denen er für das bisschen Sicherheit, das ihm geblieben war, sein Knie ruiniert hatte. Und jetzt saß diese Frau hier, hinter ihrem Schreibtisch, mit ihrem perfekten Deutsch und ihrem perfekten Leben, und erzählte ihm, dass seine Frau nicht existierte.

„Hören Sie", sagte er mit gepresster Stimme. „Ich bin hier seit vierzig Jahren. Ich habe in der Zeche gearbeitet, ich habe meine Knochen kaputtgeschuftet. Ich habe Steuern gezahlt. Und jetzt wollen Sie mir sagen, dass meine Frau nicht existiert?"

Die Frau seufzte. „Es gibt Regelungen, Herr El Fassi. Vorschriften. Ich kann nichts für Sie tun."

Er stand auf, stützte sich auf den Tisch. „Ich werde nicht aufgeben."

Draußen regnete es. Abdelkader humpelte nach Hause, das Knie schmerzte bei jedem Schritt. Als er die Tür aufschloss, sahen ihn Fatima und Latifa fragend an. Er schüttelte den Kopf.

„Nichts."

Fatima nickte, als hätte sie es erwartet. Latifa sah zu Boden. Die Wohnung war still, bis sich Karim aus seinem Zimmer meldete: „Was ist los?"

„Nichts", sagte Abdelkader wieder, setzte sich auf das Sofa und massierte sein Bein. „Nichts, Junge."

Aber das stimmte nicht. Es war nie nichts. Es war immer alles.

Abdelkader saß auf der Parkbank, zog an der selbstgedrehten Zigarette und ließ den Rauch langsam in die kalte Oberhausener Nacht entweichen. Der Wind trug den Geruch von Kohle und feuchtem Asphalt mit sich. Neben ihm saßen Rachid und Mourad, zwei Typen, die er vor ein paar Monaten kennengelernt hatte. Rachid, ein dürrer Marokkaner mit zu vielen Goldzähnen, und Mourad, ein Algerier mit einer Narbe über dem rechten Auge.

„Also, Abdel, Bruder, du hast doch Zeit", sagte Rachid und klopfte ihm auf die Schulter. „Warum nicht ein bisschen Geld nebenbei machen?"

Abdelkader schnaubte. „Ich bin kein Idiot. Ich weiß, worauf das hinausläuft."

Mourad grinste, schob ein kleines Stück Hasch in seine Handfläche und drehte es mit den Fingern. „Komm schon, alter Mann. Ein paar Fahrten. Keine großen Sachen. Du lieferst einfach nur ab, sonst nichts."

„Und wenn die Bullen mich schnappen?"

Rachid zuckte die Schultern. „Dann hast du Pech gehabt. Aber mal ehrlich, wer interessiert sich für einen alten Krüppel auf einem Moped?"

Abdelkader lachte. Ein bitteres Lachen. „Ein Krüppel, ja? Ich hab 30 Jahre in der Scheißzeche gearbeitet, während ihr Clowns hier eure Zeit vertrödelt habt."

„Genau deshalb hast du es verdient, jetzt einfach leicht Geld zu machen", sagte Mourad. „Drei Fahrten die Woche, Bruder. Niemand wird was merken."

Die ersten paar Male fühlte es sich harmlos an. Er fuhr mit seinem alten Moped durch die Stadt, ein Päckchen in der Jackentasche, hielt an, tauschte es gegen ein paar Scheine. Keine großen Mengen, nur kleine Deals. Schnell verdientes Geld. Einfacher als zwölf Stunden unter Tage. Einfacher als die verdammte Sozialhilfe-Schikane.

Doch irgendwann wurde aus den drei Fahrten fünf. Dann sieben. Dann fing er an, selbst zu verkaufen. In der Kneipe an der Ecke, in der Bahnhofshalle, in dunklen Hinterhöfen. Es ging schnell. Die Leute kannten ihn. Ein alter Mann mit Kohlenstaub in den Falten, der ihnen das Zeug ohne viel Gerede in die Hand drückte. Einer, der wusste, wie man sich unauffällig verhielt.

Doch zuhause wurde es ungemütlich.

Fatima saß mit verschränkten Armen am Küchentisch. Ihr Blick war scharf wie eine Klinge. „Ich rieche es an dir, Abdel. Was machst du?"

„Nichts."

„Lüg mich nicht an."

Latifa, die zweite Frau, saß stumm daneben, den Blick auf den Boden gerichtet. Sie sprach nicht oft, aber heute war Angst in ihren Augen.

„Du bringst uns in Gefahr", flüsterte sie schließlich. „Wenn sie dich erwischen... wenn sie dich abschieben..."

„Mich abschieben?" Abdelkader lachte trocken. „Ich bin länger hier als die Hälfte der Deutschen in dieser Stadt."

„Die interessiert das nicht!", fauchte Fatima. „Für die bist du nur ein verdammter Ausländer. Ein Marokkaner, der sich nicht an die Regeln hält."

„Regeln? Welche Regeln? Die, die mich nach 30 Jahren auf die Straße gesetzt haben? Die, die Latifa nicht anerkennen? Die, die uns verarschen, uns schikanieren, uns ins Gesicht spucken?"

Fatima schlug mit der Faust auf den Tisch. „Wir hatten wenig, aber wir hatten Würde, Abdel! Jetzt bist du nichts als ein verdammter Straßenhändler!"

„Straßenhändler? Ich tue, was ich tun muss."

„Du bringst uns in Gefahr! Karim hat Angst, zur Schule zu gehen! Er sagt, Leute haben ihn schon gefragt, ob sein Vater dealt!"

Abdelkader schwieg. Karim. Sein Junge. Der Junge, der ihn schon einmal einen Sozialschmarotzer genannt hatte. Der ihn jetzt vielleicht einen Kriminellen nannte.

„Ich bin vorsichtig."

„Bist du nicht."

Es war kein Streit, es war ein Krieg. Fatima und Latifa gegen ihn. Die Angst in ihren Augen fraß ihn auf, aber er konnte nicht mehr raus. Er hatte sich zu tief reingewühlt. Das Geld war zu leicht, das alte Leben zu schwer. Er konnte nicht zurück. Und tief in sich drin wusste er, dass es irgendwann krachen würde.

Der Bahnhof von Oberhausen war sein Revier. Abdelkader stand in der Nähe der Gleise, eine Zigarette in der linken Hand, die rechte tief in der Jackentasche vergraben. Er wartete. Wie immer. Die Leute kamen und gingen. Geschäftsleute mit Aktentaschen, Schüler mit Rucksäcken, Junkies mit müden Augen. Und dann die Kunden. Diejenigen, die nicht auffallen wollten, aber immer dasselbe Muster hatten – langsames Schlendern, kurzes Umsehen, dann ein kurzer Blickkontakt. Abdelkader wusste, wann es Zeit war.

Ein Typ mit Kapuzenpulli kam auf ihn zu. Kaum zwanzig. Nervös, die Hände in den Taschen vergraben.

„Hast du?", murmelte er.

Abdelkader nickte kaum merklich, zog die Hand aus der Jackentasche, ließ ein kleines Päckchen in die Hand des Jungen gleiten. Der Junge drückte ihm einen zerknitterten Fünfziger in die Faust und verschwand im Getümmel.

„Saubere Sache, Bruder", sagte Rachid, der einige Meter entfernt stand und die Szene beobachtet hatte. Er trat zu Abdelkader und klopfte ihm auf die Schulter. „Du wirst langsam ein Profi."

„Halt's Maul", brummte Abdelkader und zog an seiner Zigarette. Er war nicht stolz auf das, was er tat, aber es brachte Geld.

„Entspann dich, Mann. Ist doch nur Geschäft."

„Sag das meiner Frau."

Rachid lachte. „Frauen kapieren das nicht. Hauptsache, du bringst Geld nach Hause."

Das war es, was ihn innerlich auffraß. Das Geld lag auf dem Tisch, die Rechnungen wurden bezahlt, aber Frieden gab es zu Hause schon lange nicht mehr. Jede Nacht dasselbe Drama. Und heute war es nicht anders.

Als er nach Hause kam, roch es nach Essen, aber die Stimmung in der kleinen Wohnung war eisig. Fatima saß am Tisch, die Arme vor der Brust verschränkt, während Latifa still in der Ecke hockte. Karim stand an der Wand, die Stirn in Falten gelegt, das Gesicht voller Wut.

„Du stinkst nach dem Dreck", sagte Fatima, ohne ihn anzusehen.

„Ich arbeite."

„Das nennst du Arbeit?"

„Ich bringe Geld nach Hause, nicht wahr?"

Fatima lachte bitter. „Blutgeld. Geld, das uns in den Abgrund reißt."

„Hör auf mit dem Theater."

Karim trat einen Schritt vor. „Sie hat recht. Du bist nichts weiter als ein verdammter Dealer."

Abdelkader ruckte den Kopf hoch. „Pass auf, wie du mit mir redest, Junge."

„Oder was?", spottete Karim. „Schlägst du mich? So wie du es bei Mama gemacht hast, als sie dir gesagt hat, dass du aufhören sollst?"

Die Luft im Raum wurde schwer. Abdelkader ballte die Fäuste, sein Blick bohrte sich in den seines Sohnes. „Ich hab sie nicht geschlagen."

„Nein? Und was war das letzte Woche? Als du sie am Arm gepackt hast, als sie dich gefragt hat, wo du nachts warst?"

Abdelkader spürte, wie sein Herz raste. Er wollte brüllen, wollte Karim packen und ihm klarmachen, dass er nichts verstand. Aber er wusste, dass der Junge recht hatte. Er hatte die Kontrolle verloren. Langsam. Stück für Stück.

„Geh mir aus den Augen", knurrte er schließlich.

Karim lachte kalt. „Gern. Ich hab eh keinen Bock, mit einem Kriminellen unter einem Dach zu leben."

Mit einem Knall fiel die Tür hinter ihm ins Schloss. Fatima starrte Abdelkader an. „Er ist dein Sohn."

„Er ist ein respektloser Rotzlöffel."

„Er hat Angst. Genau wie ich. Genau wie Latifa."

Latifa, die bisher geschwiegen hatte, sah ihn jetzt an. „Irgendwann stehen sie hier, Abdel. Die Polizei. Und dann?"

Abdelkader schwieg. Er wusste es nicht. Er wusste nur, dass es längst zu spät war, auszusteigen.

Abdelkader saß in der Küche, den Kopf in die Hände gestützt, während die Uhr an der Wand laut tickte. Die Zigarette in seinem Mundwinkel war fast heruntergebrannt, doch er hatte nicht die Energie, sie auszudrücken. Sein Herz hämmerte gegen seine Rippen, sein Magen war ein einziger Knoten.

Er konnte nicht mehr.

Jede Nacht lag er wach, starrte an die dunkle Decke, während Fatima neben ihm leise atmete. Manchmal wälzte er sich stundenlang, manchmal stand er auf und setzte sich in die Küche, rauchte eine nach der anderen und fragte sich, wie er hier gelandet war. Jahrzehnte der Plackerei, Knochenarbeit in der Zeche, für was? Für ein paar magere Kröten, für eine Zukunft, die ihm nun zwischen den Fingern zerrann.

Er wollte raus. Raus aus der Szene, raus aus dem Dreck, raus aus dem ständigen Gefühl, dass er seine Familie jeden Tag weiter in Gefahr brachte.

Doch Rachid und Mourad dachten da anders.

„Raus?", hatte Rachid gelacht, als Abdelkader es angesprochen hatte. „Bruder, du bist drin. Da gibt's kein Raus."

„Ich bin kein Idiot", hatte Abdelkader entgegnet. „Ich hab genug verdient. Ich will meine Ruhe."

„Deine Ruhe?", Mourad hatte ihn mit einem kalten Blick gemustert. „Deine Ruhe bringt uns nichts, Bruder. Denkst du, du kannst einfach verschwinden? Dass keiner merkt, wenn du nicht mehr auftauchst?"

Sie hatten ihm klargemacht, dass es nicht so einfach war. Er wusste zu viel. Zu viele Namen, zu viele Abläufe, zu viele Orte. Und wenn jemand wusste, dass er aussteigen wollte, würde das als Verrat gelten.

„Mach deinen Job, Abdel", hatte Rachid gesagt, während er ihm auf die Schulter klopfte. „Dann passiert nichts."

Doch er konnte nicht mehr. Es war zu viel. Das Geld war da, aber es bedeutete nichts. Seine Frau hasste ihn, sein Sohn verachtete ihn, und Latifa war ein Schatten geworden, der durch die Wohnung schlich, als fürchte sie jeden Moment, dass die Polizei mit einem Rammbock die Tür aufbrechen würde.

Die Tage wurden düsterer. Die Nächte kürzer. Er brüllte schneller, hatte keine Geduld mehr, war der wandelnde Zorn. Und dann, wenn alles still wurde, kam die Verzweiflung. Die Angst. Die bohrende Frage, ob es nicht besser wäre, wenn er einfach verschwände.

An diesem Abend sagte er kein Wort, als er von einem weiteren Gespräch mit Mourad zurückkam. Fatima saß mit Karim am Tisch, das Essen dampfte auf den Tellern. Abdelkader setzte sich hin, nahm einen Bissen, schmeckte nichts.

„Du musst etwas ändern", sagte Fatima leise. „Das hier geht nicht mehr."

Er hob den Blick. „Und was soll ich tun?"

„Ich weiß es nicht. Aber das hier? Das bringt uns alle um."

Er schob seinen Teller weg, stand auf und ging aus der Küche. Das Gespräch war vorbei. Oder vielleicht hatte er einfach nichts mehr zu sagen.

Als Fatima in der Nacht aufwachte, war sein Platz leer.

Sie rief nach ihm. Keine Antwort.

Zuerst suchte sie im Wohnzimmer, dann in der Küche. Vielleicht war er wieder auf den Balkon gegangen, um zu rauchen. Doch dort war er nicht.

Ihr Herz begann schneller zu schlagen. Ein ungutes Gefühl breitete sich in ihrem Magen aus.

„Abdel?" Ihre Stimme wurde lauter.

Sie durchsuchte das Haus. Die Tür zur Speisekammer stand offen, und dann sah sie es – die Luke zum Dachboden war einen Spalt breit geöffnet.

Ihre Hände zitterten, als sie nach der Leiter griff und sie nach unten zog. Stufe für Stufe kletterte sie hoch, ihr Atem kurz, die Angst in ihren Knochen.

Als sie oben ankam, blieb sie stehen.

Im schwachen Licht, das durch das kleine Dachfenster fiel, sah sie ihn.

Abdelkader hing an einem Strick.

ELVIRA, HANSI UND
FREUND HEIN

Elvira stand am Fenster und starrte hinaus. Draußen nieselte es, so ein feiner, fieser Nieselregen, der einem in die Knochen kroch. „Scheißwetter", murmelte sie und lehnte sich schwer auf ihren Rollator. Ihre Beine wollten nicht mehr so, wie sie sollten. Aber das war ihr egal. So war das eben, wenn man alt war. Was zählte, war, dass sie noch auf den Beinen war.

Auf dem Balkon hockte Hansi, die schwarze Drecksbrut, wie die Nachbarin sie nannte, und wartete auf seine Walnuss. „Na du, du alter Tunichtgut", sagte Elvira und kramte eine Nuss aus ihrer Schürzentasche. Sie klopfte mit dem Finger darauf. „Erst mal brav gucken, was?" Hansi legte den

Kopf schief, klackerte mit dem Schnabel. „Ja, ja, ich weiß schon, du bist ein schlaues Ding." Sie legte die Nuss aufs Geländer. Hansi schnappte sie sich und flog davon.

„Drecksviecher!" rief es von unten. Elvira beugte sich über das Geländer. Die alte Henne von unten, Frau Kruse, guckte hoch. „Muss das sein? Die Scheißen mir alles voll!"

„Ach, Frau Kruse, regen Sie sich nicht auf, sonst kriegen Sie noch ‚nen Schlag!" Elvira lachte und drehte sich um.

Drinnen war es still. Zu still. Früher hätte sie jetzt mit ihrem alten Kater geredet. Aber der war tot. Eingeschläfert. Sie wollte keine neue Katze mehr. War ihr zu teuer. Und der ganze Dreck mit dem Katzenstreu, nee.

Sie schlurfte in die Küche, stellte die Kanne mit dem abgestandenen Kaffee auf den Herd. „Wird schon gehen", murmelte sie. Früher hätte sie frischen Kaffee gekocht, aber wofür? War ja keiner da. Keiner, der sagte: ‚Och Elvira, der Kaffee ist aber lecker!' Niemand. Sie seufzte.

Ihr Tag war immer gleich. Aufstehen, sich durch die verdammten zwanzig Minuten vom dritten Stock bis zur Haustür quälen, um die Zeitung zu holen, dann Kaffee, dann Balkon, dann ein bisschen Fernsehen, dann ein bisschen Haushalt. Haushalt, pah! Als ob hier jemand vorbeikäme, um zu kontrollieren, ob die Bude blitzblank war.

Sie hätte gern mit jemandem geredet. Aber wen sollte sie anrufen? Den Enkel? Der hatte sich seit Jahren nicht mehr gemeldet. Säuft wahrscheinlich irgendwo in ‚ner Kneipe oder hängt mit ‚ner jungen Schnecke rum. Sollen sie alle. Die können sie mal.

Sie griff zum Telefon. Dann legte sie es wieder hin. „Ach, Scheiß drauf", murmelte sie und nahm sich stattdessen eine alte Zeitung. Die Buchstaben tanzten vor ihren Augen. Sie kniff die Lider zusammen.

„Brauch ich auch nicht mehr", sagte sie und schob die Zeitung weg.

Draußen kreischte Hansi. Die Nachbarin fluchte. Und Elvira grinste. „Na, wenigstens du bist noch da, du alter Mistkerl."

Elvira setzte sich schwerfällig in ihren alten Sessel, das Polster war schon lange durchgesessen, aber sie war zu faul, sich nach einem neuen umzusehen. Wozu auch? Sie saß eh allein drin. Früher hatte sie sich noch Gedanken darüber gemacht, dass Besuch kommen könnte. Aber die Zeiten waren lange vorbei.

„Scheiß drauf", murmelte sie und schob ihre Hausschuhe zurecht. Sie hatte aufgehört, Leuten hinterherzulaufen. Die alten Nachbarn, die sie früher noch gegrüßt hatten, taten mittlerweile so, als wäre sie Luft. Ihr Enkel? Der hatte sich seit Jahren nicht mehr gemeldet. Sogar an Weihnachten - nichts. Keine Karte, kein Anruf, kein Drecks-WhatsApp. „Hoffentlich verreckt der an seiner eigenen Gleichgültigkeit", knurrte sie und griff nach ihrer Zigarettenschachtel. Seitdem sie keinen Besuch mehr erwartete, rauchte sie einfach in der Wohnung.

Früher hatte sie Freundinnen gehabt. Helga zum Beispiel, mit der sie jeden Dienstag Karten gespielt hatte. Aber Helga war vor drei Jahren ins Heim gekommen, und danach hatte sie sich nie wieder gemeldet. Wahrscheinlich war sie tot. Dann war da Gerda, aber die hatte auf einmal so ein junges Pflegehühnchen, das sie umtätschelte und für sie einkaufte. „Ich brauch meine Ruhe, Elvira", hatte sie gesagt. Ruhe, pah! Als ob sie nicht vorher zusammen gelacht, gesoffen und getratscht hätten.

„Alles Heuchler!", sagte Elvira laut und blies eine Rauchwolke in die Luft.

Wenn es einen Gott gab, dann hatte er sicher Spaß daran, sie noch am Leben zu lassen. Um sie zu quälen, damit sie jeden Tag die verdammte Stille aushalten musste. „Ach, leckt mich doch alle am Arsch", murmelte sie und drückte die Kippe im Aschenbecher aus.

Sie schnappte sich eine neue Walnuss, stand langsam auf und wankte zum Balkon. „Na, Hansi, du alter Drecksack, hast du wieder Hunger? Wenigstens auf dich ist Verlass."

Der Regen war stärker geworden. Kleine Rinnsale rannen an den Fensterscheiben herunter. Elvira starrte hinaus, blies den Rauch ihrer Zigarette in die Luft und schnaubte. „Alles ist vergänglich, nur die verdammte Langeweile nicht."

Sie dachte an früher. An ihren Mann. An die Zeit, als sie noch irgendwo hingehörte. Er war schon so lange tot, sie hatte fast vergessen, wie sich seine Stimme anhörte. „Na und? Hast mir ja auch nicht geholfen, alter Sack", murmelte sie und nahm einen tiefen Zug.

Der Wind riss an den Bäumen. Hansi kam angeflogen, landete auf dem Geländer und krächzte. „Ja, ja, bin ja schon da", sagte Elvira, griff in ihre Tasche und zog eine Handvoll Nüsse hervor. „Aber wehe, du Scheißt mir wieder auf den Balkon, dann gibt's nix mehr, klar?" Hansi klapperte mit dem Schnabel und griff sich die erste Nuss.

Elvira grinste. Wenigstens einer hielt noch zu ihr.

Es klingelte an der Tür. Sie zuckte zusammen. War sie so taub geworden, dass sie das Bimmeln fast überhört hätte?

Langsam quälte sie sich mit dem Rollator zur Tür. Draußen stand Hermann, der Paketbote.

„Frau Elvira! Ihr Wein ist da. Schon wieder eine Kiste? Sie wollen wohl in den Olymp der Trinker aufsteigen?"

Elvira lachte heiser. „Ach Junge, lass mich doch. Man muss sich was gönnen. Willste ‚nen Schluck?"

Hermann grinste. „Während der Arbeit? Ich hab leider keinen so luxuriösen Lebensstil wie Sie, Frau Elvira. Aber danke!"

„Ach komm, setz dich wenigstens für ‚ne Minute hin. Du rennst doch eh den ganzen Tag rum wie ‚ne aufgescheuchte Maus."

Er warf einen Blick auf seine Uhr, dann seufzte er und lehnte sich an den Rahmen. „Na gut, zwei Minuten hab ich. Wie geht's Ihnen sonst so?"

„Ach, Hermann, du bist der einzige Mensch, der noch mit mir redet. Also, so schlecht kann's mir nicht gehen. Außer, dass ich langsam Staub ansetze."

Hermann lachte. „Ach was, Sie halten sich doch gut. Immerhin haben Sie noch Ihren Humor."

„Der trocknet aber auch langsam aus, Junge." Sie patschte ihm auf den Arm. „Mach mal, dass du weiterkommst. Sonst wird dein Chef noch sauer. Aber wehe, du vergisst das nächste Mal meinen Wein!"

Hermann zwinkerte ihr zu. „Versprochen, Frau Elvira." Dann drehte er sich um und stapfte davon.

Elvira schloss die Tür und lächelte. Wenigstens einer, der noch da war.

Der Himmel war grau, als Elvira sich mit ihrem Rollator aus der Haustür quälte. „So ein Dreck, 150 Meter bis zum Discounter und das fühlt sich an wie ein Tagesmarsch", murmelte sie. Aber was sein musste, musste sein. Der Kaffee war fast alle, die Butter auch, und Zigaretten hatte sie auch keine mehr. Das wäre der größte Notfall.

Schritt für Schritt ging es die Straße entlang. Zwei Mal musste sie stehen bleiben, weil ihre Knie protestierten. „Verdammte Scheiße, man wird halt nicht jünger", schnaufte sie. Endlich kam sie an. Drinnen war es schön warm, aber auch voller Leute. Sie schob sich durch die Gänge, sammelte Kaffee, Butter, Brot, ein paar Konserven und natürlich ihre Stange Zigaretten ein. Mehr durfte es nicht sein. Alles musste in den Korb des Rollators passen, sonst wäre der Rückweg die reinste Qual.

An der Kasse legte sie ihre Waren aufs Band. Die junge Kassiererin scannte die Zigaretten. „Rauchen Sie immer noch so viel, Frau Elvira?"

„Na, was soll ich sonst machen? Marathon laufen?" knurrte sie und drückte ihr Kleingeld in die Hand.

Draußen blieb sie kurz stehen, um tief durchzuatmen. Und da kam er: Rudi. Der alte 93jährige Spinner mit seiner Eisenbahn. Er trug seine schäbige, verblichene Lokführermütze und salutierte grinsend.

„Elvira! Haste meine Dampflok gesehen? Hab gestern erst den Kessel angeheizt!"

Elvira rollte die Augen. „Ach Rudi, du und deine verfluchte Lok! Ist doch alles nur noch Blech!"

„Pah! Blech? Gestern bin ich noch mit voller Fahrt durch den Bahnhof gebraust! Hatte die Kessel voll unter Druck! Der Heizer kam nicht mehr hinterher!"

Elvira schmunzelte. „Jaja, und der Zug war bestimmt voller feiner Herrschaften, nicht?"

Rudi nickte begeistert. „Klar! Damen mit Hüten, Herren mit Zylindern! Und ich, der beste Lokführer aller Zeiten!"

Sie schüttelte den Kopf. „Und jetzt marschierst du wieder zum Bahnhof, was? Damit du den Zug nicht verpasst?"

„Selbstverständlich! Dienst ist Dienst! Ich kann doch die Fahrgäste nicht warten lassen!"

Elvira lachte heiser. „Na dann, nicht, dass du wieder zu schnell fährst!"

Rudi zwinkerte ihr zu und marschierte weiter, stolz wie ein Gockel. Elvira seufzte. Der Kerl hatte einen an der Waffel, aber irgendwie mochte sie ihn.

Langsam machte sie sich auf den Heimweg. Die Tüten im Rollator wogen schwer, aber sie war zufrieden. Sie hatte ihren Einkauf erledigt, eine Stange Zigaretten in der Tasche und mit Rudi einen kurzen Schwatz gehalten. So war das eben. Ein kleines Abenteuer an einem ansonsten stinknormalen Tag.

Es begann mit einem Kratzen im Hals. „Verdammter Mist", murmelte Elvira und griff nach ihrem Weinglas. „Ich hab doch keine Zeit, krank zu werden." Sie zog sich den alten Strickpulli enger um die Schultern und hätte am liebsten auf den Boden gespuckt.

Zwei Tage lang war sie nur schlapp, fluchte trotzdem aus Gewohnheit und zog sich grummelnd durch die Wohnung. Der Kaffee schmeckte bitterer als sonst, die Zigaretten irgendwie schal. Das war das erste Anzeichen, dass es sie richtig erwischte. Und dann kam das Fieber.

Sie lag im Bett, schwitzte, fror, schwitzte wieder. Jeder Muskel tat weh. Sie hatte keine Kraft, aufzustehen, nicht einmal für eine Zigarette. Das war der Punkt, an dem sie sich eingestand, dass sie wirklich verdammt krank war. Sie tastete nach ihrem Telefon, überlegte kurz, jemanden anzurufen. Aber wen? Wer zur Hölle sollte sich um sie kümmern? Niemanden interessierte es, ob sie hier verreckte.

„Wenn ich jetzt einfach nicht mehr aufwache, merkt das überhaupt jemand?" Sie sprach laut, ihre Stimme klang rau. Der Gedanke war gar nicht mal so abwegig. Tage würden vergehen, bis vielleicht die Nachbarn den Geruch bemerkten. Vielleicht würde Hermann, der Paketbote, irgendwann stutzig werden, wenn keine Kisten Wein mehr bestellt wurden.

„Und dann? Dann bricht die Feuerwehr die Tür auf, und sie finden mich halb verwest zwischen leeren Zigarettenschachteln und einer umgekippten Kaffeetasse." Sie lachte trocken, was in einem Hustenanfall endete. „Na, das wär doch ein Bild für die Zeitung."

Die Tage verstrichen. Die Vorräte wurden knapp, aber sie hatte eh keinen Appetit. Die Butter war ranzig, das Brot hart. Egal. Ein bisschen Tee, ein paar Löffel Suppe aus der Konserve, das musste reichen. Sie hatte den Kampf mit ihrem Körper fast aufgegeben, einfach im Bett gelegen und die Decke angestarrt, bis das Fieber langsam nachließ.

Nach einer Woche konnte sie wieder aufstehen. Langsam, wackelig, aber sie stand. Der erste Gang war zur Küche. „Kaffee", murmelte sie. Ihre Hände zitterten, als sie das Wasser in die Maschine füllte. „Wenn ich das überlebt habe, kann mich nichts mehr umbringen."

Sie zündete sich eine Zigarette an, inhalierte tief und verzog das Gesicht. „Schmeckt immer noch Scheiße", murmelte sie und drückte sie in den Aschenbecher.

Draußen schrie Hansi. Sie wankte zum Balkon, warf ihm eine Walnuss hin. „Na, alter Freund? Hab dich überlebt. Mal wieder."

Sie grinste schwach. Noch ein paar Tage, dann würde sie wieder in den Discounter wanken. So lange würde sie schon noch durchhalten.

Es war ein Tag wie jeder andere. Trübes Licht fiel durch die Fenster, Elvira schob sich mühsam aus dem Sessel und griff nach der Walnuss auf dem Tisch. Hansi wartete sicher schon. Die Beine wollten nicht richtig, sie musste sich schwer auf ihren Rollator stützen. Mit langsamen, aber entschlossenen Schritten bewegte sie sich Richtung Balkon.

Doch dann kam es aus dem Nichts. Ein plötzlicher, stechender Schmerz direkt in der Mitte ihres Brustkorbs. Ein brennender, unerträglicher Druck, als würde jemand mit bloßer Faust ihr Herz zusammenquetschen. Ihr Mund öffnete sich, aber kein Laut kam heraus. Die Walnuss rollte ihr aus der Hand und über den Boden.

„Scheiße!"

Ihr Körper sackte zusammen, der Rollator kippte zur Seite, und sie schlug schwer auf dem Wohnzimmerteppich auf. Die Welt verschwamm für einen Moment. Sie versuchte, Luft zu holen, doch jeder Atemzug war ein Stich, ein Messer, das sich in ihre Rippen bohrte.

„Nein, nicht jetzt. Nicht so."

Sie versuchte, sich hochzustemmen, aber ihre Arme waren schwach, als wären sie aus Gummi. Der Schmerz wurde noch intensiver, ihr Brustkorb war ein einziger glühender Knoten aus Qual. Sie blieb liegen. Was sollte sie tun? Ihr Telefon war im Schlafzimmer, weit weg, unerreichbar. Selbst wenn sie sich dort hin schleppen könnte, würde sie es schaffen, noch eine Nummer zu wählen? Und wen sollte sie anrufen?

„Scheiß auf die Welt", murmelte sie mit zusammengebissenen Zähnen.

Der Schmerz war allumfassend. Es brannte, zog, hämmerte durch ihren Körper. Ihre Finger krallten sich in den Teppich, als könnte sie sich daran festhalten. Minuten vergingen. Oder waren es Stunden? Sie wusste es nicht. Sie wusste nur, dass sie lag. Bewegungsunfähig. Allein.

Dann kam das Zittern. Ihr Körper begann zu beben, Schweiß rann ihr von der Stirn. Sie versuchte, ruhig zu atmen, aber jeder Atemzug war eine Qual.

Die Tränen liefen ihr über das Gesicht, vermischten sich mit dem Schweiß. Sie hatte Schmerzen erlebt in ihrem Leben, Geburt, der Verlust ihres Mannes, der Tod ihrer Tochter. Aber das hier war anders. Das hier war Freund Hein, der anklopfte.

„So geht's also zu Ende", dachte sie bitter. „Alleine. Wie ein altes, vergessenes Möbelstück."

Sie schloss die Augen, versuchte sich mit der Vorstellung zu beruhigen, dass es schnell gehen würde. Aber nichts ging schnell. Stunden vergingen, das Licht draußen wurde dunkler. Immer wieder driftete sie weg, führte halbwache Gespräche mit Menschen, die längst nicht mehr da waren. Ihr Mann. Ihre Tochter. Der alte Kater.

Dann, irgendwann, wurde es warm. Angenehm warm. Der Schmerz war nicht mehr so schlimm, alles war wie in einen weichen Nebel gehüllt. Sie hörte Hansi auf dem Balkon krächzen, das Klackern seines Schnabels. Der Gedanke, dass er noch immer da war, war irgendwie tröstlich.

Sie wollte die Augen aufmachen, aber es wurde zu mühsam. Sie ließ es sein. Ein letztes Mal fühlte sie, wie ihr Körper immer leichter wurde, als würde er sich auflösen. Dann war da nur noch Ruhe.

Drei Wochen später meldete der Zeitungszusteller der Hausverwaltung, dass ihr Briefkasten seit

Wochen nicht geleert worden war. Niemand hatte Elvira gesehen. Niemand hatte sie vermisst.

Außer Hansi.

DAS

LEUCHTTURMZIMMER

Der Wind klatschte den Regen gegen die Fensterscheibe, als wolle er einen verdammten Boxkampf gewinnen. Es war eine dieser Nächte, in denen die Stadt einen ausspuckte, in denen selbst die Laternen nur noch müde flackerten und niemand mehr auf den Straßen war außer denen, die keine andere Wahl hatten. Oder eben mir.

Ich saß in meiner Einzimmerbude im dritten Stock, der letzte Rest von einem Wohnblock, den sie längst abreißen wollten. Kakerlaken waren hier die einzigen ständigen Mieter. Und vielleicht noch ich.

Der Fernseher brummte leise. Kein Signal. Nur Schnee. Weißes Rauschen, passend zu meinem

Leben. Ich trank einen Schluck von dem billigen Fusel, den ich heute Mittag an der Tanke gekauft hatte. Schmeckte, als hätte jemand Spülmittel mit Katzenpisse gemischt. War mir egal.

Dann sah ich es wieder.

Das Licht.

Ganz oben, im siebten Stock.

Da war seit Jahren keiner mehr. Das ganze verdammte Stockwerk war verriegelt, verbarrikadiert, vergessen. Hieß es. Doch da war dieses Licht. Pünktlich jede Nacht. Ein warmes, flackerndes Glühen, als hätte sich jemand einen verdammten Kamin dahin geschleppt.

Ich starrte hin. Eine Stunde. Zwei.

Scheiß drauf. Ich musste nachsehen.

Mit einem ächzenden Seufzer schob ich mich aus meinem kaputten Sessel, griff nach meiner Jacke und meinem Flachmann und trat in den dunklen, stinkenden Flur. Es roch nach Schimmel, nach altem Putzmittel und noch älterer Verzweiflung.

Der Aufzug war natürlich im Arsch. Also Treppensteigen. Ein Schritt nach dem anderen. Die Wände hatten Graffiti, die älter aussahen als ich. "Verpiss dich!" stand da. "Niemand kommt hier raus."

Nett.

Im sechsten Stock wurde es kälter. So kalt, dass mein Atem kleine Wolken in die Dunkelheit blies. Dann die Tür zum siebten Stock. Eine dicke Kette. Ein rostiges Schloss. Und doch – das Licht. Direkt dahinter.

Irgendwas war hier faul.

Ich kramte ein altes Taschenmesser aus meiner Jackentasche. Half natürlich einen Scheiß gegen eine Kette. Aber irgendwas musste ich tun. Ich legte meine Hand auf die Tür.

Und dann – ein Geräusch.

Ein leises Kratzen. Direkt dahinter.

Als würde jemand auf mich warten.

Ich blieb stehen. Mein Herz schlug wie ein alter Motor, unrund, unzuverlässig. Das Kratzen kam wieder. Nicht hektisch, nicht panisch, sondern langsam. Rhythmisch.

Jemand oder etwas wartete da drinnen.

Ich nahm einen tiefen Zug aus meinem Flachmann, aber selbst der billige Fusel konnte die Gänsehaut nicht runterspülen.

„Wer zum Teufel ist da?" krächzte ich in die Dunkelheit.

Keine Antwort. Nur das Kratzen.

Ich war nicht unbedingt ein kluger Mann, aber ich hatte genug Dreck erlebt, um zu wissen, wann ich mich besser verpissen sollte. Und das hier war so ein Moment.

Doch meine Finger rührten sich nicht. Stattdessen klopfte ich gegen die Tür. Nicht einmal, sondern dreimal, so als müsste ich testen, ob ich noch Kontrolle über meine eigene Hand hatte.

Stille.

Dann – eine Bewegung hinter der Tür. Ein Schatten, lang und schmal, huschte an dem schmalen Schlitz unterhalb der Tür vorbei.

Mir lief ein kalter Schauer den Rücken runter.

Ich trat zurück. „Hör zu, Kumpel, wenn du hier wohnst, dann... äh, cool, sorry fürs Stören. Ich dachte, das hier wäre verlassen."

Immer noch keine Antwort.

Das Licht hinter der Tür flackerte kurz, dann wurde es wieder stärker.

Und dann – klick.

Das Schloss an der Kette sprang auf. Von selbst.

Ich wich noch weiter zurück. Nein. Das hier war kein guter Scheiß mehr. Ich hatte meine Probleme – Alkohol, kaputte Knochen, zu viele Erinnerungen an Menschen, die irgendwann aufgehört hatten, mich anzurufen –, aber ich war kein Idiot. Ich wusste, wann ich besser den Rückzug antrat.

Doch in genau diesem Moment geschah etwas, das mich erstarren ließ.

Die Tür öffnete sich. Ganz langsam. Zentimeter für Zentimeter.

Dahinter?

Schwarz. Keine Möbel, keine Wände, nur Schwärze, so tief, dass sie die Dunkelheit des Flurs verschluckte.

Und dann trat eine Hand heraus.

Dünn, bleich, fast durchscheinend. Die Finger zu lang, die Nägel vergilbt. Sie streckte sich mir entgegen.

Nicht bedrohlich. Nicht hastig.

Einladend.

Und das Schlimmste war – ich wollte sie nehmen.

Ich wollte wissen, was hinter dieser Tür war.

Was mich erwartete in diesen gruseligen Räumen.

Und ich wusste, wenn ich diese Hand ergriff, würde ich nie wieder zurückkommen.

Ich weiß nicht, wie lange ich einfach nur da stand und dieses verdammte Ding anstarrte. Diese Hand. Weiß wie alter Knochen, fast wie ein Negativ von etwas Lebendigem. Sie bewegte sich nicht. Sie wartete.

Mein Atem ging flach. Meine Knie fühlten sich an wie aus feuchtem Karton. Ich wollte weg, wirklich. Aber ich stand schon viel zu lange vor dieser Tür, um einfach kehrtzumachen.

Also tat ich das, was jeder anständige Vollidiot in einem Horrorfilm tun würde.

Ich streckte meine Hand aus.

Meine Finger berührten die ihren – und die Kälte, die mich durchfuhr, war wie ein verdammter Eissturm.

Ich riss meine Hand zurück, aber es war zu spät. Ein Sog ergriff mich, nicht körperlich, sondern anders. Irgendwie von innen. Wie eine verdammte Angel, die in meine Gedanken geworfen wurde. Ich stolperte zurück, aber meine Beine gehorchten mir nicht mehr.

Die Schwärze hinter der Tür flackerte.

Und dann sah ich sie.

Menschen.

Nein, nicht Menschen. Schatten von Menschen. Ihre Gesichter verschwommen, ihre Bewegungen ruckartig, als wären sie Marionetten mit kaputten Fäden.

Und sie alle starrten mich an.

Mein Herz donnerte in meiner Brust. Ich wollte schreien, mich losreißen, rennen – aber ich konnte nur stehen und zurückstarren.

Dann trat einer von ihnen vor. Ein Mann, groß, hager, mit einem Gesicht wie aus Wachs.

„Du bist spät dran", sagte er.

Seine Stimme klang hohl, als würde sie nicht aus seinem Mund, sondern aus der Dunkelheit selbst kommen.

„Ich... Ich wohne hier", stotterte ich.

Der Mann nickte langsam. „Wir wissen."

Mein Magen drehte sich um.

„Was zum Teufel soll das hier sein?" fragte ich und zwang meine Stimme, nicht wie die eines kleinen Jungen zu klingen, der sich unter dem Bett verstecken will.

Der Mann trat noch näher. Ich konnte seine Augen nicht sehen. Dort, wo sie hätten sein sollen, war nur leere Schwärze.

„Das ist das Leuchtturmzimmer", sagte er. „Der letzte Ort, bevor man verschwindet."

Mir wurde schlecht.

Ich wollte nicht wissen, was er damit meinte.

Aber ich wusste, dass ich es gleich erfahren würde.

Mein Kopf schrie: Lauf!

Mein Körper blieb stehen.

Der Wachs-Gesicht-Typ war jetzt nah genug, dass ich seinen Atem riechen konnte – oder eher das Fehlen davon. Es war, als hätte er nie geatmet, als wäre er einfach nur da.

„Der letzte Ort, bevor man verschwindet?", krächzte ich. „Klingt ja fantastisch. Kann ich trotzdem passen?"

Er verzog keine Miene. „Du bist bereits hier."

Ich hasste diese Art von Scheiß. Rätselhafte Kackaussagen, die klingen, als hätte sie ein schlechter Autor in ein zweitklassiges Drehbuch geschrieben. Aber ich hatte keine Zeit, mich darüber aufzuregen, weil die anderen... Dinger... näherkamen. Langsam, lautlos, als wären sie Teil der Dunkelheit selbst.

Ich wich zurück. „Hört mal, Leute, ich bin nur ein kaputter alter Sack, der in diesem Drecksloch lebt, weil er sich was Besseres nicht leisten kann. Ich gehöre nicht hierher. Also verzieht euch mit eurem Spuk und lasst mich in Ruhe."

Der Mann neigte den Kopf. „Du warst immer hier."

Ich lachte trocken. „Ach ja? Dann erzähl mir doch mal was über mich. Wie heiße ich?"

Seine gesichtslosen Augen fixierten mich. „Wie du willst."

Und dann begann das Flackern.

Das Licht hinter der Tür flimmerte, wurde heller, dunkler, heller – und dann war ich nicht mehr in dem versifften Flur meines Wohnblocks.

Ich war woanders.

Eine alte Bar. Verraucht, schummrig, das Holz der Tische abgewetzt von Jahrzehnten betrunkener Arme. Eine Jukebox spielte leise einen alten

Blues-Song, die Art, die einem langsam ins Fleisch schneidet.

Und an der Theke saß ein Mann.

Ich erkannte ihn sofort.

Mich.

Jung. Vielleicht Anfang dreißig. Schlank, aber mit müden Schultern. Ich trug meine alte Lederjacke, die ich längst verloren hatte. Ich trank Bier aus einem Glas, während mein Blick ins Leere ging.

„Erkennst du dich?" fragte der Mann neben mir.

Mein Mund war trocken. „Was ist das?"

„Der Moment, in dem du aufgehört hast zu existieren."

Ich wollte schreien, dass das Bullshit war, aber tief in meinem vernebelten Hirn wusste ich es besser. Ich erinnerte mich. An genau diesen Tag. An genau diesen verdammten Abend.

Ich hatte alles verloren. Job, Frau, Hoffnung. Ich hatte gesessen, getrunken, und dann einfach weitergemacht, Tag für Tag, Jahr für Jahr. Irgendwann war ich nur noch da gewesen. Ein Geist in einer Welt, die mich längst vergessen hatte.

„Das ist es, was das Leuchtturmzimmer zeigt", sagte die Stimme neben mir.

Ich sah mich weiter an.

Ich stand auf, zahlte das Bier. Ging zur Tür.

Und dann – urplötzlich verschwunden.

Nicht langsam, nicht filmreif mit Rauch und Blitz. Einfach so. Ein Schritt, und er war weg.

Ich wich zurück. „Was soll das heißen? Ich bin doch noch hier!"

Der Mann wandte sich zu mir. „Bist du das?"

Das Bild um mich herum begann zu flackern. Die Bar verblasste, wurde wieder zu Dunkelheit. Ich stand wieder im Flur, aber der Boden unter mir fühlte sich nicht mehr fest an.

Ich sah meine Hände an.

Sie waren blasser als noch vor einer Minute.

Die Dunkelheit flüsterte.

Und mir dämmerte es.

Vielleicht hatte ich diesen Ort nicht gefunden.

Vielleicht hatte er mich gefunden.

Und vielleicht war ich wirklich schon lange verschwunden.

Die Dunkelheit atmete.

Nicht laut. Nicht keuchend. Sondern leise, unaufdringlich, so wie der Wind durch einen leeren Raum streicht.

Ich war wieder im Flur. Das Licht hinter mir flackerte noch, aber es war schwächer geworden. Oder vielleicht war ich es, der schwächer wurde.

Ich starrte auf meine Hände. Sie waren nicht mehr nur blass. Sie wurden dünner, durchscheinender, als hätte jemand begonnen, mich langsam aus der Realität zu radieren.

„Verdammt", murmelte ich. „Verdammt, verdammt, verdammt."

Ich sah den Wachs-Gesicht-Mann an. „Was passiert mit mir?"

Er neigte den Kopf. „Du hast aufgehört, da zu sein, lange bevor du es bemerkt hast."

Ich schüttelte den Kopf. „Bullshit. Ich lebe noch. Ich trinke, ich rauche, ich fluche, ich Scheiße – das tun nur Lebende, Kumpel."

Er sagte nichts. Stattdessen drehte er sich um, und ich wusste, dass er wollte, dass ich ihm folgte.

„Nein, nein, nein", murmelte ich, trat einen Schritt zurück. „Ich bin nicht tot. Ich bin nur verloren. Ich bin ein Niemand, okay? Aber ich bin noch hier!"

Dann sah ich den Flur.

Und mir wurde schlecht.

Er war leer.

Nein, nicht leer wie ein verlassener Gang. Leer wie nichts. Die Wände waren weg. Der Boden war weg. Die Decke war weg. Ich stand in einer Welt aus Schwarz, als hätte jemand den Hintergrund einfach gelöscht.

Kein Wohnblock mehr. Keine Stadt mehr.

Nur Dunkelheit.

Und das verdammte Licht hinter der Tür.

„Scheiße", hauchte ich.

Ich wollte nicht gehen. Ich wollte zurück. Ich wollte mich wieder hinsetzen, meine Kakerlaken begrüßen, eine Flasche aufmachen und mir selbst schwören, dass ich am nächsten Morgen mein Leben in den Griff bekomme.

Aber da war nichts mehr, zu dem ich zurückkehren konnte.

„Warum?" flüsterte ich. „Warum bin ich hier?"

Der Mann blieb stehen. „Weil du vergessen wurdest."

Ein kalter Schauer lief mir den Rücken runter.

Vergessen.

Von wem? Von der Welt? Von den Menschen? Von mir selbst?

Ich wusste es nicht.

Ich wusste nur, dass ich nicht mehr da war.

Der Mann streckte eine Hand aus.

Ich sah sie an.

Sie sah warm aus. Nicht eiskalt wie zuvor.

Ich schluckte.

Hatte ich überhaupt noch eine Wahl?

Langsam, so langsam, dass es fast schmerzte, hob ich meine eigene Hand.

Sie zitterte.

Dann berührte ich ihn.

Ein Licht explodierte um mich herum, gleißend hell, heiß, brennend – und für den Bruchteil einer Sekunde erinnerte ich mich an alles.

An den ersten Schluck Bier mit sechzehn.

An den Geruch von Sommerregen in einer fremden Stadt.

An das Lachen einer Frau, die ich geliebt und verloren hatte.

An die Nächte, in denen ich allein saß und dachte, niemand würde sich mehr an mich erinnern.

Dann war da nichts mehr.

Ich verschwand.

Und das Leuchtturmzimmer leuchtete weiter.

Wartend auf den Nächsten.

DIE SCHATTEN, DIE

BLEIBEN

Ich hab nie viel auf Leute gegeben. Die Welt gibt einen Scheiß auf dich, also warum solltest du dich um sie kümmern?

Früher war ich mal jemand. Nichts Großes, aber jemand. Einer, der morgens zur Arbeit ging, sich nachmittags über den Verkehr aufregte und abends eine lauwarme Tiefkühlpizza in sich reinschaufelte. Einer, der dachte, er hätte irgendwas im Griff.

Dann kam das Alter, die Kündigung, die Scheiß Einsamkeit. Und irgendwann wurde ich unsichtbar.

Nicht so, wie du jetzt denkst. Keine billige Geistergeschichte. Niemand sah mich einfach noch. Der Kassierer an der Tanke nahm mein Geld, ohne mir in die Augen zu schauen. Die Frau in der Bahn setzte sich auf den einzigen freien Platz – genau neben mir, ohne mich zu bemerken. Selbst der verdammte Hund vom Nachbarn bellte nicht mehr, wenn ich vorbeiging.

Ich war noch da. Aber für die Welt existierte ich nicht mehr.

Und dann fing ich an, sie zu sehen.

Die anderen.

Die Schatten.

Es begann an einem Dienstag. Oder war es Mittwoch? Scheiß drauf, spielt keine Rolle. Ich saß auf meiner durchgesessenen Couch, die Flasche Whisky in Reichweite, der Fernseher flackerte. Irgendein Müll lief. Nachrichten oder ein Quiz oder Werbung für ein Produkt, das mich sowieso nicht interessierte.

Ich hatte seit drei Tagen mit keinem Menschen gesprochen.

Dann klingelte es.

Ich zuckte zusammen. Es war ein dumpfes, leises Klingeln. Nicht so wie sonst, nicht so schrill und aufdringlich, als ob es mir ins Hirn schneiden wollte.

Langsam rappelte ich mich hoch.

Ich erwartete nichts. Vielleicht ein Postbote, der sich in der Adresse geirrt hatte. Oder irgendein Witzbold, der einen falschen Klingelstreich spielte.

Ich öffnete die Tür.

Da war niemand.

Nur der Flur, derselbe abgeranzte Flur mit dem muffigen Teppich und den grauen Wänden, die aussahen, als hätten sie ihre besten Jahre vor dem Mauerfall gehabt.

Ich wollte die Tür wieder zumachen.

Dann sah ich ihn.

Der Schatten.

Er stand am Ende des Flurs. Nicht ein Schatten an der Wand, sondern ein richtiger, aufrechter Schatten. Ohne Körper. Einfach da. Schwarz, unscharf an den Rändern, wie Rauch, der sich nicht verziehen wollte.

Er bewegte sich nicht.

Ich auch nicht.

Mein Herz klopfte wie eine gottverdammte Dampflok.

Ich wollte etwas sagen, aber mein Mund war zu trocken.

Und dann – verschwand er.

Einfach so. Als wäre er nie da gewesen.

Ich stand noch eine Weile in der Tür, starrte auf den leeren Flur. Ein Windhauch wehte durch das Treppenhaus, ließ eine vergessene Werbepostkarte über den Boden gleiten.

Ich schüttelte den Kopf. Wahrscheinlich der Whisky. Oder die Einsamkeit, die mir langsam das Hirn aufweichte.

Ich schloss die Tür.

Und dann hörte ich es.

Direkt hinter mir.

Ein leises, kratzendes Flüstern.

Nicht eine Stimme. Viele.

Sie sagten meinen Namen.

Mein Nacken wurde eiskalt. Ein kribbelndes, fiebriges Kalt, als hätte mir jemand ein Stück Eis direkt unter die Haut geschoben.

Das Flüstern war nicht laut. Kein billiges Horrorfilm-Geschrei, kein dämonisches Gekreische. Es war leise. Eindringlich.

So, als würde mir jemand direkt ins Ohr atmen.

Mein Name. Immer wieder.

Ich drehte mich langsam um.

Da war niemand.

Natürlich nicht.

Aber der Raum fühlte sich anders an. Schwerer. Der Geruch von altem Staub und kaltem Rauch lag in der Luft, und das schwache Licht der Straßenlaterne, das durch meine dreckigen Fensterscheiben fiel, wirkte irgendwie gedämpft.

Ich schluckte. Ein Kloß in meiner Kehle, so groß wie mein verdammtes Elend.

Dann sah ich es.

Nicht direkt. Nur aus dem Augenwinkel.

Etwas Dunkles, am Rand meines Sichtfeldes, eine Form, ein Umriss – ein Schatten, wo keiner sein sollte.

Ich schloss die Augen. Atmete tief durch.

„Alles klar", murmelte ich. „Jetzt drehst du also richtig durch."

Ich öffnete die Augen wieder.

Er war immer noch da.

Am Rand des Zimmers, in der Ecke, wo sich Wand und Decke trafen. Wie ein Riss in der Realität. Ein Schatten, der nicht von irgendwas geworfen wurde.

Ich blinzelte.

Er bewegte sich.

Nicht schnell. Ganz langsam.

Scheiße.

Ich spürte, wie mein Puls raste, aber mein Körper weigerte sich, sich zu bewegen. Ich wollte weglaufen, schreien, irgendwas tun – aber meine Beine waren plötzlich nichts als Gummi.

Das Ding kam näher.

Nicht wie ein Mensch. Kein normales Gehen. Mehr ein Fließen. Wie Rauch, aber dicker. Dichter.

Und dann hörte ich es wieder.

Die Stimmen.

Mehr jetzt. Lauter.

Nicht chaotisch, nicht wild durcheinander.

Sondern im Chor.

„Du bist einer von uns."

Meine Haut zog sich zusammen, als hätte sie vergessen, wie sie funktionieren soll.

Ich wollte etwas sagen, irgendeinen verdammten Satz, irgendeinen Spruch, irgendwas, das diesem Scheiß ein bisschen Sinn gab.

Aber dann fiel mir etwas auf.

Der Schatten war nicht allein.

Da waren noch mehr.

Im Spiegel über meinem Fernseher. Im dunklen Flur, der ins Badezimmer führte. Im verdammten Türspion.

Sie waren überall.

Und sie starrten mich an.

Die Luft war dicker als Beton. Mein Kopf dröhnte. Mein Herz hämmerte.

Ich öffnete den Mund, um zu schreien –

Und dann fiel das Licht aus.

Das Licht war weg. Einfach weg. Kein Flackern, kein surrendes Abschalten, nur pure, gottverdammte Schwärze.

Und mit der Dunkelheit kamen die Stimmen.

„Du bist einer von uns."

Ich stolperte zurück. Mein Rücken knallte gegen die Wand, meine Finger tasteten nach dem Lichtschalter. Aber da war keiner mehr. Nichts. Nur kalte, glatte Wand, als hätte es den verdammten Schalter nie gegeben.

Mein Atem ging flach. Ich konnte sie fühlen.

Nicht körperlich. Aber da war eine Präsenz, eine Masse in der Dunkelheit, als würde die Luft um mich herum langsam fester werden.

„Fickt euch", brachte ich zwischen den Zähnen heraus. Mein Mut klang Scheiße überzeugend.

Stille.

Und dann – ein Lachen.

Nicht laut. Ein schwaches, krächzendes, trockenes Lachen, als käme es aus hundert vertrockneten Kehlen.

Ich drehte mich im Kreis, suchte nach irgendwas, nach einem Ausweg. Der Fernseher war aus. Die Straßenlaternen draußen? Aus. Kein Licht von irgendwo.

Nur sie.

Die Schatten.

Sie bewegten sich jetzt.

Kein großes, dramatisches Gewackel, keine Horrorfilm-Klischees. Einfach ein langsames, unaufhaltsames Näherkommen.

Meine Hände ballten sich zu Fäusten. Ich wusste nicht mal, warum. Als ob ich einem Schatten aufs Maul hauen könnte.

Und dann sprach eine neue Stimme.

Leise. Direkt an meinem Ohr.

„Du bist doch schon lange tot, oder?"

Mir wurde schlecht. Mein Magen zog sich zusammen, als hätte jemand mit bloßen Händen nach meinem Inneren gegriffen.

Nein.

Nein, das stimmte nicht.

Ich war hier. Ich atmete. Ich konnte mich bewegen. Ich war nicht...

Ich sah an mir runter.

Und meine Haut war nicht mehr ganz da.

Sie wurde dünner. Wie Papier, durch das Licht schimmerte.

Nur dass es kein Licht gab.

Ich riss die Hände vors Gesicht. Mein Körper löste sich auf.

Nicht sofort. Nicht mit Drama.

Langsam.

Als würde er sich an eine Wahrheit erinnern, die ich verdrängt hatte.

Ich war einer von ihnen.

Ich war schon immer einer von ihnen.

Ich hatte es nur vergessen.

Die Schatten um mich herum kamen näher, schlossen mich ein. Ich wollte schreien, kämpfen, irgendwas tun – aber es machte keinen Unterschied.

Ich war schon lange verschwunden.

Ich war nur der letzte, der es mitbekam.

Die Dunkelheit umarmte mich.

Die Stimmen summten leise.

Und dann war ich weg.

Schwarz.

Endlose, absolute Schwärze.

Kein Schmerz. Kein Körper. Nur Bewusstsein.

Ich wusste, dass ich nicht mehr war. Dass ich längst verblasst war. Dass mein Körper, mein Gesicht, meine verdammten Erinnerungen nur noch eine Idee waren, die sich in der Dunkelheit verlor.

Und dann – ein Geräusch.

Ein Summen. Tief, vibrierend, so als würde irgendwo eine gigantische Maschine anspringen.

Ich wollte fragen, was es war, aber ich hatte keinen Mund mehr. Keine Stimme. Nur Gedanken.

Und dann – Licht.

Nicht viel. Nur ein winziger, flackernder Punkt irgendwo in der Ferne.

Ein Fernseher.

Mit einem Ruck war ich nicht mehr in der Schwärze.

Ich saß auf meiner Couch.

Whiskyflasche in der Hand.

Der Fernseher lief. Nachrichten, Werbung, belangloser Dreck.

Mein Herz raste. War das gerade ein Traum gewesen? Ein verdammter Albtraum?

Ich sprang auf. Wankte ein paar Schritte. Ging zur Tür. Sie war da. Der Lichtschalter auch. Ich knipste ihn an – das Licht flackerte, aber es blieb an.

Mein Blick fiel auf den Spiegel über dem Fernseher.

Ich war da.

Ich war noch da.

Ich stieß ein heiseres Lachen aus. „Heilige Scheiße..."

Ein Traum. Nur ein Scheiß Traum.

Ich schüttelte den Kopf, rieb mir übers Gesicht, setzte mich zurück auf die Couch. Griff nach der Flasche.

Dann fiel mein Blick auf den Fernseher.

Mein Herz blieb stehen.

Das Bild war nicht irgendein Programm.

Es war mein Zimmer.

Live.

Von oben, aus einem verdammten Blickwinkel, den es nicht geben sollte.

Und genau in diesem Moment sah ich es.

Mich.

Sitzend auf der Couch.

Mit der Flasche in der Hand.

Starrend in den Bildschirm.

Ich rührte mich nicht.

Aber ich wusste, dass er mich ansah.

Der andere Ich.

Der, der immer noch hier saß.

Der, der niemals weggegangen war.

Und dann, ganz langsam, verzog er die Lippen zu einem Grinsen.

Der Fernseher flackerte.

Das Licht ging aus.

Und diesmal kam es nicht zurück.

Schwärze.

Aber diesmal war sie anders.

Ich war wach. Ich wusste, dass ich wach war.

Nur dass es keinen Raum mehr gab. Keine Couch, keinen Fernseher, keine Tür.

Nur die Dunkelheit.

Und das Geräusch.

Ein leises, gleichmäßiges Ticken.

Langsam. Beharrlich.

Wie eine gottverdammte Uhr.

Ich versuchte zu atmen, aber ich hatte keinen Körper mehr. Keine Lungen, keine Hände, nichts.

Und dann – ein Licht.

Winzig, kaum mehr als ein Funke.

Doch es wuchs. Wurde größer. Und langsam erkannte ich, was es war.

Ein Bildschirm.

Mein Bildschirm.

Und darauf?

Mein verdammtes Zimmer.

Genau wie vorher.

Die Couch. Die Whiskyflasche. Der Fernseher.

Und ich.

Ich saß wieder da. Ganz ruhig. Starrte in den Fernseher.

Nein.

Nicht ich.

Das andere Ich.

Das Ding, das mein Gesicht trug. Das sich genau wie ich bewegte. Aber das nicht ich war.

Ich wollte schreien. Wollte rennen, kämpfen, irgendwas tun.

Aber ich konnte nur zusehen.

Das andere Ich stand langsam auf. Drehte sich zur Tür.

Es machte sie auf.

Trat in den Flur.

Lief die Treppen hinunter.

Raus in meine Welt.

Und ich konnte nichts tun.

Nichts außer zusehen, wie etwas anderes in

meinem Körper weiterlebte.

Wie es mein Leben übernahm.

Wie ich...

Vergessen wurde.

Das Ticken wurde schneller. Lauter.

Und dann –

Nichts.

Endgültige, absolute Finsternis.

Ich war weg.

Doch er blieb.

Der letzte Waggon

Die Rente ist eine miese Hure.

Einer dieser Mistkäfer, die sich langsam in dein Hirn fressen, bis du merkst, dass du nichts mehr hast außer Zeit. Und Zeit ist ein richtiges Drecksschwein, wenn du nicht weißt, was du mit ihr anfangen sollst.

Früher hatte ich eine Routine. Aufstehen um fünf. Schwarzer Kaffee, zwei Kippen, dann raus, den Stahlkoloss aus der Garage holen. Vierzig Jahre Straßenbahnfahrer. Vierzig Jahre dieselbe Strecke, dieselben verdammten Haltestellen, dieselben müden Gesichter. Manchmal 'n Schüler, der sich mit seinem Handy die Birne vollballerte, manchmal 'ne alte Dame mit Einkaufstüten, die nach Mottenkugeln roch.

Und dann – Rente.

Plötzlich kein Ziel mehr, kein Grund, morgens aus dem Bett zu klettern. Keine Gleise mehr, die mir sagten, wo es langgeht.

Also saß ich jetzt an der Endhaltestelle. Immer. Jeden verdammten Tag.

Ich hatte mir einen Platz ausgesucht, genau unter der Laterne, die flackerte wie ein billiges Kneipenlicht. Von da konnte ich alles sehen. Die Bahnen, die Leute, die ganze Welt, die weiterfuhr, während ich am Rand saß und wartete, dass was passierte.

Aber nichts passierte.

Bis zu dieser Nacht.

Es war kurz nach Mitternacht. Der letzte Zug war längst durch, der Asphalt roch nach kaltem Regen, und der Wind hatte diesen klammen Geruch von Rost und Altpapier.

Ich saß da, Flachmann in der Hand, und dachte über nichts nach, weil es nichts mehr gab, über das sich nachzudenken lohnte.

Dann hörte ich es.

Ein Rattern.

Aber nicht von den Gleisen. Nicht dieses metallische Schaben, das ich in meinen Knochen spüren konnte, weil es vierzig Jahre lang mein verdammter Herzschlag gewesen war.

Es war leiser. Weicher. Wie ein Echo aus einer anderen Zeit.

Ich hob den Kopf.

Und da war er.

Ein Waggon.

Lang, dunkel, aus Holz, mit geschwungenen Fenstern und Laternen, die ein warmes, goldenes Licht warfen. Aber es waren keine Gleise da. Keine verdammten Schienen.

Er bewegte sich trotzdem.

Schwamm fast lautlos durch die Nacht, als hätte er nie was von Physik gehört.

Mein Herz stolperte.

Ich hätte aufspringen sollen, rennen, mir sagen, dass der Whisky mir den Verstand wegbrannte.

Aber ich blieb sitzen.

Weil ich wusste, dass er wegen mir gekommen war.

Der Waggon glitt an die Haltestelle heran, hielt direkt vor mir. Die Tür öffnete sich mit einem langsamen, geduldigen Zischen.

Drinnen?

Schatten. Formen.

Mir wurde kalt.

So kalt wie damals, als ich zum ersten Mal begriff, dass es kein Zurück gibt, wenn man einmal auf den Gleisen ist.

Ich schluckte. Sah in die Dunkelheit hinter der Tür.

Und dann stand ich auf.

Meine Knie knackten, als ich mich aus der Bank hochstemmte. Vierzig Jahre Straßenbahnfahren, vierzig Jahre Sitzen, Kupplung treten, Bremsen ziehen – irgendwann wird der Körper selbst zu einem verdammten Gleissystem, und wenn man ihn zu lange stillstehen lässt, rostet er ein.

Aber jetzt bewegte ich mich.

Auf diesen verdammten Waggon zu.

Er war anders als alles, was ich je gesehen hatte. Kein moderner Blechkasten mit Plastiksitzen und Werbeplakaten, sondern alt. Richtige Handwerkskunst. Holz mit Verzierungen, Fenster mit geschliffenen Kanten, große Laternen an den Seiten, deren Licht flackerte wie echtes Feuer.

Ich blieb vor der Tür stehen. Ein Windzug kam von nirgendwo, roch nach altem Leder, nach Maschinenöl, nach Dingen, die nicht mehr existieren sollten.

„Letzte Fahrt, Herr Schmidt?"

Die Stimme kam von innen. Ruhig, wissend.

Ich hätte fragen können: Wohin geht die Fahrt? Wer fährt diesen verdammten Zug? Warum zur Hölle rollt er ohne Schienen?

Aber ich wusste, dass die Antworten mich nicht weiterbringen würden.

Also machte ich den einzigen Schritt, der zählte.

Ich stieg ein.

Die Tür schloss sich hinter mir mit einem sanften Klicken. Kein harter Druckluftstoß wie bei den alten Straßenbahnen, sondern etwas anderes. Wie ein Buch, das sich zuschlägt, nachdem die letzte Seite gelesen wurde.

Drinnen war es warm.

Nicht unangenehm, aber anders.

Die Sitze waren aus rotem Samt, das Holz dunkel, fast schwarz. An den Wänden hingen Bilder in schweren, goldenen Rahmen. Und die Menschen – oder das, was von ihnen übrig war – saßen still in den Sitzen.

Ich erkannte sie sofort.

Alte Kollegen. Menschen, die ich vor Jahren mitgenommen hatte. Fahrgäste, die immer an der gleichen Haltestelle ausstiegen. Manche sahen noch genauso aus wie damals, andere verblasster, als würde sich die Zeit langsam aus ihnen herausziehen.

Und dann war da der Schaffner.

Hochgewachsen, ein schwarzer Mantel, eine Mütze mit einem alten Emblem. Sein Gesicht war ruhig, aber seine Augen – da war nichts. Kein Licht, keine Reflektion, nur die tiefste Schwärze, die ich je gesehen hatte.

Er hob die Hand, bedeutete mir, mich zu setzen.

Ich gehorchte.

Die Räder unter uns ratterten – nur dass da keine verdammten Gleise waren.

Ich drehte mich zum Fenster und sah hinaus.

Die Stadt war weg.

Alles, was ich kannte, alles, was war – weg.

Stattdessen Schwärze. Nicht leer, nicht tot, sondern voller Bewegung. Schatten, die sich formten und wieder zerflossen. Augen, die aufblitzten und verschwanden.

Ich wollte fragen, ob es zu spät war, auszusteigen.

Doch dann sah ich mein Spiegelbild im Fenster.

Und ich begriff.

Es war nie eine Frage gewesen.

Ich hatte den Waggon nie betreten.

Ich war schon immer hier gewesen.

Ich hatte es nur vergessen.

Der Schaffner zog seine Taschenuhr aus der Brusttasche, nickte und murmelte:

„Nächster Halt: Nirgendwo."

Die Schatten hinter den Fenstern flüsterten.

Und die Fahrt ging weiter.

Der Waggon ratterte durch das Nichts, aber nicht so, wie es eine Straßenbahn tun würde. Kein metallisches Schaben auf Schienen, kein rhythmisches Klackern.

Es klang anders. Tiefer. Wie das Herz eines alten Ungeheuers, das unter der Erde schlägt.

Ich starrte aus dem Fenster. Die Schatten da draußen bewegten sich immer noch. Keine festen Formen, nur Silhouetten, die auftauchten und verschwanden, als würden sie auf mich warten.

Und dann fiel mein Blick auf das Glas.

Mein Spiegelbild war nicht mehr da.

Nur die Sitze hinter mir.

Die alten Kollegen.

Ich drehte mich langsam um.

Und da saßen sie. Alle. Genau wie vorhin. Aber jetzt – jetzt sahen sie mich an.

Ihre Gesichter waren hohl. Die Augen tief und leer. Die Haut zu glatt, zu unbewegt. Wie Wachsfiguren, die gerade erst realisiert hatten, dass sie nicht echt sind.

Ich schluckte.

„Was ist das hier?" brachte ich heiser hervor.

Der Schaffner bewegte sich nicht. „Endstation, Herr Schmidt."

„Endstation?" Ich lachte trocken. „Ich hab nie ein Ticket gelöst."

„Das haben Sie."

Er deutete mit einem Kinnnicken auf meine Brust.

Ich sah hinunter.

Und erst da bemerkte ich es.

Mein Mantel – der war nicht meiner. Schwarz, lang, mit silbernen Knöpfen. Genau wie seiner.

Meine Hände – bleicher als ich sie in Erinnerung hatte.

Und da, direkt auf meiner Brusttasche, steckte eine kleine, abgenutzte Taschenuhr.

Ich riss sie heraus, klappte sie auf.

Die Zeiger bewegten sich nicht. Die Uhr war stehengeblieben.

Auf genau der Minute, in der ich aus dem Leben ausgestiegen war.

Mein Magen zog sich zusammen. „Nein... Nein, das kann nicht—"

Aber es konnte.

Es war.

Die Schatten draußen, die ich beobachtet hatte – sie waren ich.

Ich war einer von ihnen gewesen.

Die ganze Zeit.

Ich hatte den Waggon nie als Fahrgast betreten.

Ich war nie dazu bestimmt gewesen, zu verschwinden.

Ich gehörte hierher.

Der Schaffner streckte mir langsam die Hand hin. Kein Zwang. Nur ein Angebot.

Ich sah ihn an.

Sah die Sitze voller leerer Gesichter.

Sah die endlose Dunkelheit da draußen, die wartete.

Dann atmete ich ein letztes Mal tief durch.

Und griff nach seiner Hand.

Der letzte Waggon fährt immer weiter.

Doch ich bin nicht mehr sein Passagier.

Ich bin sein Schaffner.

Und irgendwann werde ich auch für dich halten.

DIE VERGESSENE STIMME

Sie hatten mich vergessen.

Vor Jahren war meine Stimme überall. In jedem verdammten Radio, in jeder gottverlassenen Küche, im Ohr von schlaflosen Truckern, einsamen Nachtschichtarbeitern und jungen Kerlen, die sich einbildeten, sie könnten mit meinen Songansagen ihr Leben auf die Reihe kriegen.

Ich war Marla fucking Morgan. Die Königin der Nachtfrequenz.

Und jetzt?

Jetzt saß ich in einem Pflegeheim mit braunen Wänden und dem ewigen Gestank von abgestandenem Kaffee und Urin. Ein Haufen alter Leute um mich herum, manche schon halbe Gespenster, andere mit Körpern, die noch funktionierten, aber Köpfen, die längst auf einem anderen Sender liefen.

Die Pflegerinnen? Waren nett, aber oberflächlich. „Geht's Ihnen gut, Frau Morgan? Brauchen Sie noch was?" Dabei war ich für sie nur eine alte Schachtel mit kratziger Stimme und zu vielen Geschichten über eine Zeit, die keinen mehr interessierte.

Sie kannten mich nicht. Keiner kannte mich mehr.

Und das war das Schlimmste.

Nicht das Alter, nicht die Falten, nicht die Scheißeinsamkeit.

Sondern dass niemand sich mehr an meine Stimme erinnerte.

Doch dann fand ich das Radio.

Es stand in einem Pappkarton auf dem Flur, zwischen altem Bastelkram und einer Kiste mit hässlichen Plastikblumen. Staubig, aber nicht tot. Ein altes, massives Ding mit Holzgehäuse und echten Drehknöpfen. So eins, das noch nach etwas roch, wenn man es einschaltete.

Ich nahm es mit in mein Zimmer.

Und in dieser Nacht, als alles still war, als die Welt draußen nichts als ein leises Rauschen war, schaltete ich es ein.

Es knackte, es brummte.

Und ich begann, zu suchen.

Langsam drehte ich am Frequenzrad. Durchbrach die Stille mit dem Knistern vergessener Wellen.

Nichts.

Nichts.

Dann – ein Summen.

Eine Frequenz, schwach, irgendwo zwischen den toten Kanälen.

Mein Herz schlug schneller.

Ich beugte mich vor, griff nach dem alten Mikrofon, das noch an einer Seite baumelte. Es fühlte sich kalt an, aber vertraut.

Ich räusperte mich.

Und dann tat ich, was ich immer getan hatte.

Ich sprach.

„Hier ist Nachtfrequenz 103.4 – und das ist die vergessene Stimme."

Die Worte kamen rau, brüchig. Aber sie waren da.

Ich wartete.

Nichts als Rauschen.

Und dann –

Ein Flüstern.

Ich erstarrte.

Es kam nicht aus dem Radio.

Es kam aus der Frequenz.

Und es sagte meinen Namen.

Mein Herz machte einen Scheiß Satz.

Das Flüstern war da. Mein Name. Kein Echo, kein Störgeräusch. Eine echte Stimme, aber nicht klar, nicht fest. Sie kam aus der Tiefe des Radios, aus den Rillen der toten Frequenz, irgendwo zwischen der Vergangenheit und dem Nichts.

Ich schluckte. Mein Mund war plötzlich trocken.

„Wer ist da?" fragte ich.

Stille.

Nur das Rauschen.

Ich atmete tief durch. Mein Hirn sagte mir, dass es Einbildung war. Dass alte Frequenzen manchmal Signale aufschnappen, Übertragungen aus dem Nirgendwo, ein verdammtes Wetterphänomen oder irgendein Funksignal aus Russland.

Aber mein Bauch wusste es besser.

Ich drehte das Mikrofon fester in meiner Hand.

„Hier ist Nachtfrequenz 103.4", sagte ich. „Marla Morgan. Falls jemand zuhört... nun, dann willkommen zurück."

Ein Knacken in der Leitung.

Und dann – die Stimme.

Leise. Verzerrt.

„Ich hab dich gehört, Marla."

Ich riss die Augen auf.

Nicht möglich.

Ich kannte diese Stimme.

Ich kannte sie verdammt gut.

Sie gehörte Frank.

Frank war mein Produzent gewesen. Mein verdammter Seelenverwandter hinter den Kulissen. Der Kerl, der mir Zigaretten anzündete, während ich Songs ansagte, der mich nach einer Sendung in seine beschissene alte Karre packte und mich nach Hause fuhr, wenn ich zu betrunken war, um geradeaus zu gehen.

Frank.

Frank, der vor zwanzig Jahren tot in seinem Studio gefunden wurde, ein Herzinfarkt zwischen Kabeln und Kaffeebechern.

Ich schloss die Augen. Vielleicht war ich verrückt. Vielleicht war das hier der letzte Sprung ins Nirgendwo, den mein altersschwaches Hirn noch hinkriegte.

Aber verdammt. Ich wollte es wissen.

„Frank?" Meine Stimme war leise.

„Ja, Marla."

Die Luft in meinem Zimmer war auf einmal schwer.

Ich lehnte mich näher ans Radio. Mein Herz hämmerte.

„Wo bist du?"

Eine Pause.

Dann:

„Ich bin hier. Ich bin immer hier gewesen."

Das Rauschen um ihn herum wurde lauter, wie ein hungriges Tier.

Mein Magen zog sich zusammen.

„Warum meldest du dich erst jetzt?"

Er lachte leise. Ein Lachen, das in den Drähten des Radios gefangen war.

„Weil du mich gerufen hast."

Ich sog scharf die Luft ein.

Plötzlich fühlte sich der Raum kleiner an. Das Radio größer.

Ich hatte ihn gerufen.

Verdammt.

Mein altes Herz pochte gegen meine Rippen.

Ich wollte ihn fragen, was er meinte, was zum Teufel hier passierte.

Doch dann kam seine letzte Nachricht.

„Marla... Es gibt noch mehr von uns."

Ein leises Knistern.

Dann – Stille.

Die Frequenz war tot.

Ich saß da, das Mikrofon noch in der Hand, während das Radio nur noch das dumpfe Summen einer toten Welle ausspuckte.

Und in meinem Kopf formte sich eine Erkenntnis, so kalt und klar wie das erste Glas Whisky nach einem Entzug.

Frank war nicht der Einzige da draußen.

Und ich hatte gerade eine Tür geöffnet, die vielleicht besser geschlossen geblieben wäre.

Ich starrte auf das Radio, als könnte ich es mit bloßem Willen wieder zum Sprechen bringen. Aber es blieb still. Keine Stimme mehr. Kein Flüstern. Nur dieses verdammte Rauschen, das mich jetzt nicht mehr wie bloßer Funkmüll, sondern wie eine Lücke im Universum vorkam.

„Es gibt noch mehr von uns."

Franks letzte Worte brannten sich in mein Hirn.

Ich atmete tief durch, rieb mir über die knochigen Hände. Vielleicht war ich übergeschnappt. Vielleicht war das hier nichts als ein Hirngespinst, ein schlechter Streich meines alten, ausgedörrten Verstandes.

Aber verdammt, es fühlte sich echt an.

Ich lehnte mich vor, drehte vorsichtig am Frequenzrad. Ein leises Knistern, ein Knacken, dann wieder nichts.

„Frank?" Meine Stimme war leise. „Bist du noch da?"

Nichts.

Ich biss mir auf die Lippe. Drehte weiter. Suchte.

Und dann –

Ein Flüstern.

Nicht Franks Stimme. Eine andere.

Tiefer. Langsamer.

„Du hast uns gefunden, Marla."

Mein Herz raste.

„Wer ist da?"

Eine Pause.

Dann ein Lachen. Rau, brüchig, als würde es aus rostigen Drähten kriechen.

„Wir sind die Stimmen, die geblieben sind."

Mein Atem stockte.

Ich hatte mein ganzes Leben mit Stimmen verbracht. Mit Klängen, die durch den Äther schwebten, die da waren und dann einfach verschwanden. Ich hatte nie darüber nachgedacht, wohin sie gingen, was mit ihnen passierte.

Aber jetzt...

Jetzt hatte ich die verdammte Antwort vor mir.

„Was wollt ihr?" fragte ich leise.

„Sprechen."

„Worüber?"

„Über das, was vergessen wurde."

Ich schluckte hart. Mein Blick fiel auf die Uhr. 03:17 Uhr.

Die Stunde der Geister, hätte ich früher im Radio gesagt.

„Also gut", murmelte ich. Ich räusperte mich. „Hier ist Nachtfrequenz 103.4 – die vergessene Stimme. Wenn ihr eine Geschichte habt... dann erzählt sie mir."

Ein Knistern.

Und dann –

Die Stimmen begannen zu sprechen.

Geschichten von verlorenen Leben, von Menschen, die nie einen Abschied bekamen, von Stimmen, die aus den Wellen gefallen waren und niemals mehr gehört wurden.

Ich saß da, das Mikrofon in der Hand, und hörte zu.

Die ganze Nacht.

Ich wusste nicht, ob ich verrückt geworden war oder ob ich etwas gefunden hatte, das nie für meine Ohren bestimmt war.

Aber es war egal.

Denn zum ersten Mal seit Jahren hatte ich wieder eine Sendung.

Und irgendwo da draußen hörte mir jemand zu.

Die Stimmen redeten. Flüsterten. Schrien manchmal. Sie schütteten alles aus, was in den toten Frequenzen gefangen gewesen war, all die Geschichten, die nie erzählt wurden, all die Namen, die vergessen worden waren.

Und ich hörte zu.

Stunde um Stunde.

Ich hätte Angst haben sollen. Das hätte jeder normale Mensch. Aber ich war Marla Morgan, die Stimme der Nacht. Angst war nie mein Ding gewesen. Also saß ich da, das Mikrofon in der Hand, die Augen halb geschlossen, und lauschte den verlorenen Seelen, die durch das Radio zurückgekommen waren.

Doch irgendwann änderte sich etwas.

Die Frequenz klang dichter. Zäher.

Die Stimmen waren nicht mehr bloß Worte. Sie formten etwas, das näher kam. Ich konnte es fühlen, wie kalten Atem auf meiner Haut, als würde sich das Radio langsam in den Raum hinein ausdehnen.

Und dann hörte ich wieder Franks Stimme.

„Marla... Hör auf. Dreh es ab."

„Was?" Ich blinzelte.

„Du hast zu weit gedreht. Du hast sie zu tief geholt."

Mein Herz stolperte. „Wovon redest du?"

„Sie sprechen jetzt nicht mehr nur. Sie kommen."

Das Knistern in der Frequenz wurde lauter. Und plötzlich spürte ich, dass ich nicht mehr allein im Raum war.

Ich drehte mich um.

Nichts. Nur mein Bett, der Schrank, der verwaschene Teppich, auf dem meine Füße ruhten. Alles war da, wie es immer war.

Aber ich spürte sie.

Die Schatten.

Die Stimmen hatten sich aus dem Radio gelöst. Sie waren jetzt hier.

Und sie flüsterten meinen Namen.

„Du hast uns gerufen, Marla."

Ich sprang auf, mein Herz raste.

„Geht weg! Ich wollte nur... Ich wollte nur helfen!"

Die Schatten flossen langsam an den Wänden entlang, zogen sich in die Ecken meines Zimmers, wo sie sich verdichteten und formten. Hände, Gesichter, Augen, die mich ansahen.

„Ich wollte euch nur hören", stammelte ich, mein Rücken an die Wand gepresst.

„Jetzt wollen wir dich hören, Marla."

„Was meint ihr?"

Die Schatten lächelten. Ein Lächeln, das nichts Warmes hatte. Nur Zähne. Und Dunkelheit.

„Es ist Zeit, dass du mit uns kommst."

Ich schüttelte den Kopf. „Nein... nein, das war nicht der Deal."

Doch das Radio begann sich zu verändern. Der Lautsprecher vibrierte, der Knopf für die Lautstärke drehte sich von selbst, und aus der Frequenz kroch etwas, das aussah wie Rauch, aber fester war.

Es griff nach meinen Füßen.

Ich schrie, versuchte mich loszureißen, aber die Schatten waren überall. Sie wickelten sich um mich, zogen mich tiefer.

„Du hast die Tür geöffnet, Marla. Jetzt gibt es kein Zurück."

Die Stimmen wurden lauter, überlagerten sich, bis sie zu einem einzigen brüllenden Geräusch wurden. Mein Körper fühlte sich an, als würde er auseinandergezogen, als würde ich durch die Drähte des Radios gesogen.

Und dann –

Stille.

Als ich wieder zu mir kam, lag ich in einem Bett in einem hellgrün gestrichenen Raum, Arme und Beine mit Ledergurten ans Bett fixiert.

Vor mir stand ein Mann in einem weißen Kittel, Spritze in der Hand, neben zwei Krankenschwestern.

Er sagte: „Marla, Sie haben mich gerufen."

Dann verpasste er mir, ohne mich zu fragen, diese verdammte Spritze – alles wurde schummerig um mich herum.

Ich öffnete die Augen.

Ich war nicht mehr in diesem Zimmer.

Ich saß in einem dunklen Studio. Vor mir ein altes Mischpult, staubige Mikrofone, verstaubte Plattencover an den Wänden. Alles sah aus wie in den 70ern, als hätte die Zeit einfach aufgehört zu existieren.

Und dann hörte ich es.

Ein leises Rauschen.

Ich beugte mich nach vorn, griff nach dem Mikrofon. Mein Atem war flach, aber ich wusste, was ich tun musste.

Ich schaltete die Frequenz ein.

„Hier ist Nachtfrequenz 103.4", sagte ich. „Die vergessene Stimme. Ich bin Marla Morgan. Und wenn ihr mich hören könnt... dann seid ihr jetzt bei uns."

Auf der anderen Seite des Äthers, irgendwo in der Dunkelheit, ging ein Radio an.

Und jemand begann zuzuhören.

Das letzte Licht im Fenster

Die alte Uhrmacherwerkstatt roch nach Metallstaub, Maschinenöl und abgestandener Luft. So, wie es eben roch, wenn die Zeit in einem Raum vergessen wurde. Johann saß an seinem abgewetzten Holztisch, ein vergilbtes Tuch unter den Händen, eine Lupe vor dem Auge. Er hatte den ganzen Tag nichts gegessen, nur ein paar Schluck kalten Kaffee getrunken, der in einer Tasse mit abgebrochenem Henkel vor sich hin gammelte. Draußen schob sich die Dämmerung zwischen die Häuser, und das letzte Licht, das noch in seinem Laden brannte, warf einen müden Schimmer auf die verstaubte Auslage.

Nicht, dass sich jemand dafür interessieren würde. Wer kaufte heute noch Uhren, die man aufziehen musste? Die Leute wollten Plastikscheiß mit Batterien, Uhren, die nicht einmal die Jahrzehnte überleben konnten. Wegwerfware. Seelenloser Dreck. Er aber, Johann, reparierte Zeit. Oder zumindest das, was davon übrig war.

Er nahm die Taschenuhr vor sich in die Hände, eine dieser alten Dinger, schwer, mit einem verblichenen Muster auf dem Deckel. Ein Erbstück, das jemand aus der Schublade gekramt hatte, nur um dann doch nicht mehr zurückzukommen. Seit Wochen lag sie in der Werkstatt, wartete auf jemand, der sich nicht mehr blicken ließ.

Er öffnete sie. Das Zifferblatt war fein gearbeitet, römische Zahlen, filigrane Zeiger. Er zog die Krone heraus, spürte den Widerstand des alten Mechanismus. Eine Uhr war ein Herz aus Zahnrädern, und diese hier schlug noch – wenn auch schwach. Ein paar Tropfen Öl, eine justierte Feder, und sie könnte wieder ticken.

Doch dann sah er es.

Eine Gravur auf der Innenseite des Deckels. Kaum größer als ein Daumennagel, in die Jahre gekommen, aber noch lesbar.

"Für J. – Möge die Zeit nie zwischen uns stehen."

Er starrte darauf, als hätte ihn jemand in den Magen getreten. Sein Herz stolperte einen Schlag lang, dann zwei.

J.

War er gemeint?

Verdammt.

Er zog an seiner Zigarette, obwohl er wusste, dass der Qualm den Uhrwerken nicht guttat. Aber Scheiß drauf. Niemand mehr da, der sich beschweren würde.

Er kannte diese Worte. Zu gut.

Es war lange her. Eine andere Zeit, ein anderes Leben. Und eine Frau mit rauer Stimme und dunklen Augen, die ihn damals verflucht hatte, weil er sich nicht binden wollte.

Aber verdammt noch mal, warum tauchte diese Uhr jetzt wieder auf?

Und wer zum Teufel hatte sie ihm gebracht?

Johann nahm einen tiefen Zug von seiner Zigarette und blies den Rauch gegen das vergilbte Fenster. Die Asche fiel ihm auf die Finger, verbrannte die Haut, aber er schüttelte nur den Kopf und rieb sie ab.

Das hier konnte nicht sein.

Die Uhr lag schwer in seiner Hand, wie ein altes, kaltes Herz, das noch immer irgendwo pochte.

"Für J. – Möge die Zeit nie zwischen uns stehen."

Scheißdreck.

Er schloss den Deckel mit einem dumpfen Klick, aber das Ding lag immer noch in seiner Hand, als würde es sich weigern, wieder zu verschwinden.

Er stand auf, rieb sich das Gesicht. Seine Knochen knackten wie morsches Holz. Scheiß Gelenke. Scheiß Körper. Früher hatte er sich geschworen, nicht wie diese alten Kerle zu enden, die sich in kleinen Läden verkriechen, mit der Vergangenheit im Nacken und keinem Arsch, der sich noch für sie interessiert. Tja, hat nicht geklappt.

Er tappte hinter den Tresen, zog eine Flasche aus der untersten Schublade. Ein billiger Fusel, den er irgendwann mal gekauft hatte, für genau solche Momente. Er schraubte den Deckel ab, trank einen Schluck, dann noch einen. Das Brennen rutschte ihm die Kehle runter, setzte sich in seinem Magen fest wie ein rostiger Nagel.

Sie.

Verdammt.

Er hatte nicht mehr an sie gedacht. Nicht mehr an die Nächte in den verrauchten Bars, an die Nächte, in denen sie sich an ihn gepresst hatte, ihn angeschrien, ihn geküsst, ihn weggestoßen hatte. „Du wirst dich nie ändern", hatte sie gesagt, „du wirst enden wie ein verdammter Geist, der nur noch mit Dingen redet, die längst tot sind."

Hatte sie recht gehabt?

Er ließ sich wieder auf den Hocker sinken, nahm die Uhr, öffnete sie noch einmal.

Das Ding tickte jetzt leise, als würde es über ihn lachen.

Wo war sie jetzt? Tot? Weggezogen? Verheiratet mit irgendeinem feinen Typen mit Anzug und fettem Gehalt?

Und warum zur Hölle hatte irgendwer ihm diese Uhr hierher gebracht?

Er drehte das Ding zwischen den Fingern, spürte das kühle Metall. Dann fiel ihm etwas auf. Ein kleiner Spalt am Rand. Er nahm ein Messer, schob es vorsichtig hinein. Ein leises Knacken.

Das Innere klappte auf.

Dahinter, auf einem vergilbten Stück Papier, nur ein paar Worte, mit zittriger Hand geschrieben:

"Komm. Bevor es zu spät ist."

Scheiße.

Er starrte auf die Worte. Dann auf die Uhr. Dann wieder auf die Worte.

Er nahm einen letzten Schluck aus der Flasche.

Dann stand er auf.

Er wusste, was er zu tun hatte.

Johann starrte auf den Zettel, als könnte er ihn durch bloße Willenskraft verschwinden lassen. „Komm. Bevor es zu spät ist."

Das war von ihr. Das musste ihr verdammter Schriftzug sein. Ein bisschen zittriger vielleicht, ein bisschen brüchiger. Aber immer noch sie.

Er schob sich die Zigarette zwischen die Zähne, inhalierte tief und drückte die Glut an der Kante seines Werkstatttischs aus. Scheiß drauf, das Ding war ohnehin schon voller Brandflecken.

Verdammt.

Er ließ die Worte in seinem Kopf kreisen. Konnte sich nicht erinnern, wann er das letzte Mal von ihr gehört hatte. Jahre her. Jahrzehnte? Scheiß drauf. Sie war weg. Er war geblieben. So liefen die Dinge.

Er griff zur Flasche, wollte sich noch einen runterkippen, aber dann hielt er inne. Das war genau der Scheiß, den er immer tat. Wegrennen. Wegsaufen. Wegrauchen. Irgendwann fiel er dann tot um, und keiner würde's merken, bis der Geruch durch die Wand zog.

Er war alt, aber nicht tot. Noch nicht.

Er nahm die Uhr, wog sie in der Hand. Vielleicht war das eine Falle. Vielleicht war das ein verdammter Scherz. Aber wer sollte sich die Mühe machen? Er hatte keine Freunde mehr, keine Familie, keinen Arsch, der sich noch für ihn interessierte.

Er griff nach seiner alten, abgewetzten Jacke, schob die Uhr in die Brusttasche. Dann trat er hinaus in die Nacht.

Draußen war es kühl, die Straßen nass vom Regen, das Licht der Laternen flackerte müde auf dem Pflaster. Er zog den Kragen hoch und machte sich auf den Weg.

Sie hatte nicht gesagt, wohin. Aber er wusste es.

Das alte Café.

Scheiße, sie wusste genau, dass er sich erinnern würde.

Er lief die Straßen entlang, an Geschäften vorbei, die längst geschlossen hatten, an Bars, die sich mit billiger Neonreklame gegen die Dunkelheit wehrten. Hier und da hockten ein paar verlorene Seelen in Hauseingängen, rauchten, froren, warteten auf irgendwas, das nie kommen würde.

Er kannte das Gefühl.

Dann war er da.

Das Café sah noch genauso aus. Bloß älter. Wie alles. Wie er. Das Fenster beschlagen, dahinter trübes Licht, ein paar Gestalten an den Tischen.

Er blieb stehen. Atmete.

Dann trat er ein.

Der Geruch von abgestandenem Kaffee, altem Holz, ein bisschen zu viel Parfüm. Er sah sich um.

Und dann sah er sie.

Scheiße.

Sie saß in der Ecke. Dünner als damals. Ihr Haar grau, ihr Blick müde. Aber es war immer noch sie.

Und sie sah ihn an, als hätte sie gewusst, dass er kommt.

Langsam stand sie auf.

„Hat ja lang genug gedauert", sagte sie. Ihre Stimme klang wie Whiskey und lange Nächte.

Er trat näher. Griff in die Jacke. Holte die Uhr raus.

Sie nahm sie. Klappte sie auf. Strich mit dem Daumen über die Gravur. Dann sah sie ihn an.

„Du warst nie pünktlich", sagte sie.

„War nie meine Stärke", sagte er.

Dann setzte er sich.

Und bestellte zwei Schnäpse.

Der Schnaps kam in diesen kleinen, billigen Gläsern, die nach tausend Händen und zu wenig Seife rochen. Johann griff nach seinem, hielt ihn einen Moment zwischen den Fingern, bevor er ihn mit einem einzigen Zug hinunterkippte.

Es brannte. Aber das war gut.

Sie nahm sich mehr Zeit. Rollte den Schnaps im Glas herum, als könnte sie darin die Jahre sehen, die vergangen waren. Dann trank sie langsam, ließ ihn in ihrer Kehle verschwinden wie eine Erinnerung, die sie gerade erst wiedergefunden hatte.

„Also", sagte er und stellte sein Glas hart auf den Tisch. „Bist du krank?"

Direkt. Ohne Scheiß. So war er immer gewesen.

Sie verzog das Gesicht, zündete sich eine Zigarette an, inhalierte tief. „Ist das deine Art, zu fragen, ob ich noch lange auf dieser Scheißwelt rumhänge?"

„Ja."

Sie lachte trocken, blies den Rauch zur Decke. Ihre Finger zitterten ein wenig. Nur ein bisschen, aber genug, dass es ihm auffiel.

„Vielleicht", sagte sie. „Vielleicht auch nicht. Ich hab keinen Doktor gefragt. Was soll's, die Welt hat sich doch eh schon von mir verabschiedet."

Johann nickte. Er kannte das Gefühl.

Eine Weile sagten sie nichts. Nur das Summen der Neonröhren und das dumpfe Murmeln der anderen Gäste füllten die Stille.

„Warum hast du mich herbestellt?" fragte er schließlich.

Sie sah ihn lange an. Zu lange. Dann klappte sie die Uhr auf, strich mit dem Finger über die Gravur.

„Weil du der Einzige bist, den's vielleicht noch kümmert."

Das traf ihn härter, als es sollte.

Er lachte, aber es klang falsch. „Großer Fehler. Ich war noch nie gut darin, mich um irgendwas zu kümmern."

„Ja", sagte sie. „Ich erinnere mich."

Das tat weh. Vielleicht, weil es stimmte.

Johann bestellte noch zwei Schnäpse. Dieses Mal stieß sie mit ihm an.

Sie tranken.

Dann legte sie die Uhr auf den Tisch.

„Du erinnerst dich an die Nacht, als ich sie dir gegeben habe?" fragte sie.

Er nickte.

Er erinnerte sich an den Regen, an ihre nassen Haare, an den Geschmack von billigen Zigaretten auf ihren Lippen.

„Du hast gesagt, du bleibst", sagte sie leise.

„Ja."

„Und am nächsten Morgen warst du weg."

Scheiße.

Er nahm noch einen Schluck, aber dieses Mal half es nicht.

„Ich war ein Idiot", sagte er.

„Ja."

Sie sah ihn an. Ihre Augen waren müde, aber nicht bitter.

„Aber ich bin trotzdem gekommen", sagte er.

„Ja", sagte sie. Und dieses Mal klang es nicht wie ein Vorwurf.

Lange Stille.

Dann schob sie ihm die Uhr wieder zu.

„Sie gehört dir."

Er schüttelte den Kopf. „Nein. Ich hab mein Recht daran vor Jahren verwirkt."

„Ach halt die Klappe." Sie lächelte schwach. „Das Ding hat die ganze Zeit auf dich gewartet. Und du bist ja schließlich gekommen, oder nicht?"

Er sah auf die Uhr, auf die kleine, verdammte Gravur, die ihn all die Jahre verfolgt hatte.

"Möge die Zeit nie zwischen uns stehen."

Vielleicht hatte er doch noch eins richtig gemacht.

Vielleicht war es noch nicht zu spät.

Er nahm die Uhr.

Und dieses Mal lief er nicht weg.

Die Nacht zog sich, und der Schnaps wurde schärfer, aber sie hörten nicht auf zu trinken. Es war nicht dieses betrunkene Versacken, kein jämmerliches „Weißt du noch?" voller Reue und Selbstmitleid.

Nein.

Es war wie zwei alte Wölfe, die sich nach Jahren wieder gegenüberstanden und schauten, ob der andere noch Zähne hatte.

Er erzählte nicht viel, sie auch nicht. Sie redeten über Mist, der nichts bedeutete – über den alten Barmann, der schon vor zwanzig Jahren zu alt für den Job war, über den Laden an der Ecke, der mal eine Bäckerei gewesen war und jetzt irgendwas mit Smoothies verkaufte.

Und dann, irgendwann, als das Café fast leer war, sagte sie:

„Ich hab ein Zimmer oben. Nichts Besonderes. Könnte aber 'nen Gast vertragen."

Kein Flehen, keine Sehnsucht. Nur ein Angebot.

Johann sah sie an.

Er hätte sich rausreden können. Er hätte sagen können: Zu spät, zu lang her, zu viele Jahre. Aber er war es leid, sich selbst zu belügen.

Er stand auf, nahm seine Jacke, ließ ein paar Scheine auf den Tisch fallen.

Sie wartete nicht auf ihn, ging einfach voraus, als wäre es das Normalste der Welt.

Er folgte ihr nach oben, die Treppen knarzten unter ihren Schritten, als würden sie die Geister alter Zeiten aufwecken.

Oben war das Zimmer, klein, karg, nachlässig aufgeräumt. Eine halb volle Weinflasche auf dem Tisch. Zwei Gläser.

Sie zog ihre Jacke aus, warf sie auf den einzigen Stuhl. Dann sah sie ihn an.

„Sag nichts Dummes."

Er trat näher, holte die alte Taschenuhr aus der Brusttasche, klappte sie auf. Sie tickte noch immer leise, gleichmäßig, als wäre nichts gewesen.

Er legte sie auf den Tisch.

Dann zog er seine Jacke aus.

Er wachte auf, bevor die Sonne durch das vergilbte Fenster kroch.

Sein Schädel dröhnte, sein Mund war trocken wie eine verdammte Wüste. Er lag still, hörte den alten Wecker auf dem Nachttisch ticken, blickte auf den Tisch.

Die Uhr war weg.

Sein Herz schlug einmal zu hart in seiner Brust.

Er setzte sich auf, suchte mit den Händen die Tischplatte ab, dann die Taschen seiner Jacke. Nichts.

Sein Blick fiel auf den Stuhl in der Ecke. Ihre Jacke war weg.

Verdammt.

Er stand auf, barfuß über den kalten Boden, riss die Tür auf. Der Flur war leer. Die Treppe knarrte, als er hinunterstolperte.

Das Café war geschlossen, die Stühle hochgestellt. „Suchst du was?"

Der alte Barmann stand hinterm Tresen, rührte gelangweilt in seinem Kaffee.

„Die Frau, die bei mir war. Wo ist sie?"

Der Barmann sah ihn an, als wäre er gerade aus einem schlechten Traum gestiegen. Dann lachte er trocken.

„Welche Frau?"

Johann runzelte die Stirn. „Die, mit der ich hier

gesessen habe. Wir haben getrunken. Bis spät in die Nacht."

Der Barmann schüttelte den Kopf. „Kumpel, du warst allein. Kamst rein, hast zwei Schnäpse bestellt, mit 'ner alten Taschenuhr gespielt und bist irgendwann hochgewankt. Ich hab dich gehört, du hast die ganze Nacht Selbstgespräche geführt."

Johann spürte, wie seine Finger taub wurden.

„Bullshit."

„Glaub, was du willst." Der Barmann zuckte die Schultern, nahm einen Schluck Kaffee. „Aber die Frau, die du vielleicht meinst ... wenn's dieselbe ist, dann ist sie tot. Seit Jahren. Gestorben in irgendeinem billigen Hotel, keine Sau hat's mitgekriegt, bis sie nach Wochen die Tür aufgebrochen haben."

Johann schluckte hart. Sein Blick wanderte zum Tisch, an dem sie gesessen hatten.

Er sah die Umrisse der beiden Gläser.

Oder war da nur eines?

Langsam griff er in seine Jackentasche. Da war sie – die Taschenuhr.

Er klappte sie auf.

Sie tickte nicht mehr.

ECHO DER STILLE

Das Licht im Badezimmer war hart und unbarmherzig. Es brannte auf ihre Haut wie das Scheinwerferlicht von damals – als es noch Applaus gab, als ihre Stimme noch einen Raum füllen konnte.

Jetzt war da nur noch das Echo.

Marlene zog an ihrer Zigarette, ließ den Rauch langsam über ihre spröden Lippen entweichen. Der Spiegel war fleckig, der Rahmen abgestoßen. Sie beugte sich vor, sah sich selbst ins Gesicht.

Die Falten saßen tief, tiefer als beim letzten Mal. Der rote Lippenstift war verschmiert, die Wimperntusche hatte sich in den Falten unter ihren Augen festgesetzt. Ihre Haut hatte die Farbe von altem Pergament.

Sie lächelte.

„Na, Darling", sagte sie, ihre Stimme rau wie Sandpapier. „Hast du mich vermisst?"

Ihr Spiegelbild lächelte zurück. Natürlich tat es das. Sie war schließlich die Einzige, die blieb.

Die Zeit hatte alles andere weggerissen. Die Männer, die Rollen, die Interviews, das Scheiß Blitzlichtgewitter. Es war alles verflogen, wie Rauch im Wind. Und jetzt saß sie hier, in einer zu kleinen Wohnung, mit billigen Vorhängen und einem Telefon, das nicht mehr klingelte.

Aber die Bühne, die gab es noch.

Jeden Abend, wenn die Nacht durch die Stadt kroch und die Stimmen der anderen Leute nur noch gedämpft durch die Wände drangen, kam sie hierher. Trat auf. Für sich selbst.

Sie setzte sich auf den Rand der alten Badewanne, balancierte die Zigarette auf dem Rand des Waschbeckens. Drehte sich leicht zur Seite, so wie damals, als sie den Text von Tennessee Williams auswendig kannte, als sie wusste, wie man eine ganze verdammte Welt in einem Satz unterbringen konnte.

„Meine Damen und Herren ..." Ihre Stimme wurde weicher, theatralischer. „Es ist mir eine Ehre, Sie heute Abend willkommen zu heißen. Ich weiß, Sie haben viel zu tun, aber wie schön, dass Sie sich die Zeit genommen haben, um mich zu sehen."

Sie lächelte. Ein Publikum gab es nicht. Nur die Stille.

Sie stand auf, setzte sich die Perlenkette um den Hals, die längst nicht mehr glänzte. Nahm einen Schluck aus der alten Whiskeyflasche auf dem Waschbeckenrand, ließ die Flüssigkeit in ihrer Kehle brennen.

Dann kam die Szene. Sie sprach den Monolog, den sie immer sprach. Ein alter Text, der sie nie verlassen hatte. Ein Satz nach dem anderen, jede Silbe ein Echo aus einer Zeit, die längst vergangen war.

Als sie endete, war die Luft still. Kein Applaus. Kein „Bravo!". Nur das Summen des Kühlschranks im Nebenzimmer und das ferne Heulen einer Polizeisirene.

Sie lächelte ihr Spiegelbild an. „Und? Wie war ich?"

Stille.

Natürlich.

Aber dann—

„Besser als gestern."

Marlene erstarrte.

Ihr Herz machte einen Satz, rutschte ihr fast in die Hose.

Sie starrte in den Spiegel.

Und ihr Spiegelbild starrte zurück.

Aber da war etwas anders.

Es lächelte nicht mehr.

„Scheiße", murmelte sie. Das musste der Whiskey sein. Oder die Pillen, die sie manchmal nahm, um das Einschlafen weniger scheißverdammt einsam zu machen.

Sie blinzelte.

Das Spiegelbild blinzelte nicht.

Verdammt.

Ihr Magen zog sich zusammen, aber sie zwang sich, ruhig zu atmen. Vielleicht spielte ihr Kopf ihr einen Streich. Zu viele Jahre in der Einsamkeit, zu viele Nächte mit alten Geistern.

Langsam griff sie nach der Whiskeyflasche, trank einen Schluck, ließ die Flüssigkeit die Kälte in ihrer Brust vertreiben.

Dann sah sie wieder in den Spiegel.

Ihr Spiegelbild war immer noch da.

Und es lächelte wieder.

„Schön, dass du endlich zuhörst, Marlene."

Der Whiskey klirrte gegen das Waschbecken, als sie die Flasche fallen ließ.

Marlene wich einen Schritt zurück, rammte sich dabei das Bein an die Badewanne. Der Schmerz brachte sie kurz zurück in die Realität. Vielleicht war sie verrückt. Vielleicht war das einfach ein verdammter Trick ihres Gehirns, weil es nicht mehr wusste, was es mit all der Stille anfangen sollte.

Aber das Spiegelbild war immer noch da. Und es grinste jetzt.

„Du siehst aus, als hättest du einen Geist gesehen", sagte es. Die Stimme war ihre eigene. Nur anders. Glatter. Jünger.

„Das ist nicht echt", murmelte sie. „Das ist der Whiskey. Das sind die Tabletten. Oder mein Kopf. Das ist ..."

„Scheiße, Marlene." Das Spiegelbild verdrehte die Augen. „Nach all den Jahren in dieser Kammer mit deinen verdammten Monologen, und du hast immer noch keine Ahnung, wie eine echte Szene funktioniert."

Marlene keuchte. Ihr Hals war trocken, ihr Herz hämmerte gegen ihre Rippen wie eine Ratte, die aus einer Falle will.

„Was zur Hölle ..." Ihre Stimme brach. „Was bist du?"

„Ich bin du, Darling. Oder das, was von dir übrig ist."

Marlene schüttelte den Kopf. Nein. Nein. Das hier war ein Trick.

„Du bist nicht echt."

„Ach?" Das Spiegelbild legte den Kopf schief. „Dann hör doch auf, mit mir zu reden."

Sie wollte. Wirklich. Aber ihr Blick klebte an der Reflexion, als hätte jemand ihre verdammte Seele daran festgenagelt.

Das Spiegelbild lehnte sich vor, legte eine Hand auf das Glas – aber auf der echten Seite bewegte sich nichts.

„Weißt du, was das Schlimmste ist, Marlene?" Die Stimme wurde weicher. „Nicht, dass du alt geworden bist. Nicht, dass du vergessen wurdest. Sondern dass du aufgehört hast, eine Rolle zu spielen."

Marlene spürte, wie sich ihr Magen umdrehte.

„Was?"

„Früher warst du eine verdammte Göttin auf der Bühne. Du hast die Leute in ihren Sitzen zittern lassen. Du hast sie zum Weinen gebracht, mit nur einem Blick." Das Spiegelbild seufzte. „Und jetzt? Jetzt hockst du hier in diesem Badezimmer, säufst dich ins Delirium und führst Selbstgespräche."

Marlene wollte etwas erwidern, aber sie hatte nichts.

„Ich war jemand", flüsterte sie.

„Ja", sagte das Spiegelbild. „Warst."

Marlene ballte die Fäuste. Nein. Nein, verdammt. Sie war immer noch da. Ihre Stimme war vielleicht nicht mehr so stark, ihre Haut vielleicht nicht mehr so glatt – aber sie existierte noch.

„Ich könnte wieder auf die Bühne gehen", sagte sie, und ihre Stimme klang fester, als sie erwartet hatte.

Das Spiegelbild grinste. „Das ist mein Mädchen."

„Ich könnte vorsprechen."

„Oh, ja."

„Ich könnte ..." Sie verstummte. Weil das Spiegelbild etwas tat, das es nicht tun sollte.

Es hob die Hand. Und winkte ihr zu.

Nicht spiegelverkehrt.

Nicht wie eine Reflexion.

Sondern als wäre es eine eigene verdammte Person.

Marlene stockte der Atem.

Das Spiegelbild neigte den Kopf. „Du musst dich nur trauen."

Marlene wich zurück.

„Du bist nicht echt."

Das Spiegelbild lachte. „Wer sagt, dass du es noch bist?"

Dann streckte es die Hand aus – und drückte gegen die Innenseite des Spiegels.

Das Glas begann zu zittern.

Und Marlene wusste mit jeder verdammten Faser ihres Körpers, dass etwas auf dem Weg war.

Etwas, das sie nicht rufen wollte.

Aber es war zu spät.

Das Glas vibrierte, wie eine dünne Wasseroberfläche, in die gerade ein Stein gefallen war. Nur dass der Stein von innen kam.

Marlene konnte sich nicht rühren.

Sie wollte sich umdrehen, raus aus diesem gottverlassenen Badezimmer, rein in die Nacht, weg, weg, verdammt noch mal weg. Aber ihre Füße waren Blei. Ihr Blick klebte am Spiegel.

„Was... was machst du?" Ihre Stimme klang wie Schmirgelpapier.

Das Spiegelbild lächelte. Kein echtes Lächeln. Keins, das Menschen machen. Mehr wie etwas, das einen verdammten Körper nachahmt, aber nicht so genau weiß, wie das eigentlich funktioniert.

„Ich lasse dich zurückkommen", sagte es.

„Zurückkommen wohin?"

Das Grinsen wurde breiter. „Auf die Bühne, Darling."

Dann drückte es weiter gegen das Glas – und dieses Mal gab der Spiegel nach.

Nicht zerbrechlich wie eine Fensterscheibe. Nein. Es war eher so, als hätte sich das Glas in eine Oberfläche verwandelt, die sich nach außen wölbte.

Wie Haut.

Wie Fleisch.

Marlene riss die Augen auf. Sie hörte das Geräusch, tief und feucht, als der Arm ihres

Spiegelbilds durch das Glas trat. Der Geruch von etwas Altem, Modrigem, zog durch den Raum.

„Nimm meine Hand", sagte es sanft.

„Nein."

„Nimm. Meine. Hand."

Die Stimme war nicht mehr ihre. Sie war tiefer, hohler, als würde sie aus einem Theaterraum ohne Wände kommen, ein Echo, das nirgendwo endete.

Marlene stolperte nach hinten. Sie spürte die kalten Fliesen unter ihren nackten Füßen, hörte ihr eigenes Keuchen. Das konnte nicht echt sein. Das konnte nicht echt sein.

Aber es war da.

Der Arm, der aus dem Spiegel ragte.

Die Hand, die sich nach ihr ausstreckte.

Und dann sah sie es.

Die Fingernägel, zu lang, zu dunkel. Die Adern, die schwarz unter der Haut pulsierten. Und das Gesicht.

Ihr Gesicht.

Nur dass es jetzt etwas anderes war. Jünger, glatter, schöner. Ihre Version von damals. Die, die die Leute liebten. Die, die die Schlagzeilen wert war.

„Ich bring dich zurück", flüsterte es.

„Zurück wohin?" Marlenes Stimme war nicht mehr als ein Hauch.

Das Spiegelbild lächelte.

„Auf die Bühne, Darling."

Und dann griff es nach ihr.

Marlene schrie. Sie stolperte, fiel, spürte, wie ihr Kopf gegen das Waschbecken krachte. Ein dumpfer Schmerz explodierte in ihrem Schädel. Ihr Blick verschwamm.

Und das Letzte, was sie sah, bevor ihr Bewusstsein versank, war ihr Spiegelbild, das sich langsam durch das Glas zog, sich herauswand, Zentimeter für Zentimeter, bis es ganz in ihrem Badezimmer stand.

Und lächelte.

Als Marlene wieder zu sich kam, lag sie auf den Fliesen. Der Raum war still.

Kein Beben mehr im Spiegel. Kein kalter Atem in der Luft.

Langsam richtete sie sich auf. Ihre Gelenke schmerzten, ihr Schädel pochte, als hätte jemand von innen gegen ihn getreten.

Sie blinzelte.

Der Spiegel war da.

Aber das Spiegelbild war verschwunden.

Und dann hörte sie es.

Von draußen.

Applaus.

Laut, tosend, donnernd, wie früher.

Wie damals.

Marlene taumelte zum Fenster, zog den Vorhang zur Seite.

Die Stadt lag da wie immer, die Straßen dunkel, das Neon flackernd. Kein Theater, kein Publikum, nichts.

Aber der Applaus war da.

Und er kam näher.

Langsam drehte sie sich um.

Der Spiegel war immer noch leer.

Aber dann kam die Stimme.

„Dein Auftritt, Darling."

Und der Applaus wurde lauter.

Der Applaus schwoll an, vibrierte in den Wänden, als hätte jemand Lautsprecher direkt unter ihre Haut gelegt.

„Dein Auftritt, Darling."

Die Stimme war nicht mehr in ihrem Kopf. Sie war im Raum.

Marlene wirbelte herum, der Spiegel zog ihre Blicke an wie ein Magnet. Die Oberfläche war wieder glatt, makellos. Aber sie wusste, dass etwas dahinter lauerte.

„Das ist nicht echt", flüsterte sie. „Das ist ein verdammter Traum."

War es das?

Ihr Atem ging schnell. Sie hörte das Echo ihrer eigenen Stimme, aber es klang anders – als würde jemand anderes genau das Gleiche zur selben Zeit sagen.

Sie wich zurück.

Und dann passierte es.

Der Spiegel begann, sich zu verändern.

Er war immer noch ein Spiegel, ja – aber die Reflexion stimmte nicht mehr.

Das Badezimmer war weg.

Stattdessen sah sie eine Bühne.

Eine große, dunkle Bühne, in goldenes Scheinwerferlicht getaucht. Ein leerer Zuschauerraum dahinter, schwarz, bodenlos. Und doch war er nicht leer.

Sie konnte sie nicht sehen, aber sie wusste, dass sie da waren.

Augen.

Hunderte, tausende Augen, verborgen in der Dunkelheit. Sie starrten auf sie, erwartungsvoll, hungrig.

Und mitten auf der Bühne:

Eine Frau.

Sie stand mit dem Rücken zu ihr, trug ein Kleid aus einer anderen Zeit, lang, schimmernd, wie die Kostüme, die Marlene in ihren besten Jahren getragen hatte.

„Was zum ...?" Marlene riss sich los, wollte weglaufen, aber ihre Füße bewegten sich nicht.

Im Spiegel – auf der Bühne – begann die Frau sich langsam umzudrehen.

Marlene stockte der Atem.

Die Frau war sie.

Nur ... nicht sie.

Jung. Schön. Perfekt. Die Version, die sie verloren hatte.

Die Version, die die Leute liebten.

Und dieses Spiegel-Ich hob langsam eine Hand, streckte sie aus – eine Einladung.

„Marlene", flüsterte es.

„Komm zurück."

Marlene spürte, wie etwas an ihr zog. Kein physischer Druck, sondern etwas Tieferes, Dunkleres.

Erinnerungen. Sehnsucht.

Sie konnte es fast riechen – das alte Theater, den Staub im Licht der Scheinwerfer, den Mix aus Schweiß, Schminke und billigen Rosen, die Fans nach der Vorstellung auf die Bühne geworfen hatten.

Sie konnte es schmecken – den ersten Whiskey nach der Premiere, das Nikotin, das auf ihrer Zunge lag, während sie in einer verrauchten Bar den Erfolg feierte.

Sie konnte es hören – den Applaus.

Den Applaus.

„Ich ..."

Ihre Hand hob sich.

Nein.

Nein, verdammt.

Sie ballte die Faust, zwang sich zurück, riss ihren Blick los.

„Ich bin nicht mehr du", sagte sie, ihre Stimme brüchig, aber echt.

Das Spiegelbild verzog das Gesicht. Ein winziges Zucken, kaum zu sehen – aber es war da.

„Oh, Marlene", sagte es mit einem Hauch von Spott. „Das bist du doch nie gewesen."

Und dann griff es nach ihr.

Direkt durch das Glas.

Eisige Finger, hart, unmenschlich.

Marlene schrie, riss sich los, stolperte nach hinten.

Das Echo des Applauses wurde zu Gelächter. Kaltes, endloses Gelächter.

Dann zerbarst der Spiegel.

Ein einziger Schlag, splitterndes Glas, ein Geräusch, das sich in ihr Hirn bohrte.

Sie fiel.

Landete hart auf den Fliesen. Ihr Kopf schlug auf, Sterne explodierten hinter ihren Augen.

Stille.

Schwer atmend öffnete sie die Augen.

Das Badezimmer war wieder da.

Der Spiegel war gesprungen, ein Netz aus Rissen,

aber nicht zerbrochen.

Und sie war allein.

Oder?

Sie zwang sich aufzustehen, wankte zum Waschbecken, hielt sich fest.

Ihr Spiegelbild war da. Ihr echtes. Müde. Gezeichnet. Die alte Marlene.

Und doch ...

Irgendwas war anders.

Sie konnte es nicht benennen, aber es lauerte dort, in ihren eigenen Augen.

Etwas, das wartete.

Und in der Ferne, ganz leise, hörte sie es noch einmal.

Applaus.

DER VERGESSENE PIANIST

Der verdammte Geruch von Desinfektionsmittel kroch ihm in die Nase. Süßlich, künstlich, als wolle jemand mit Chemie das Sterben übertünchen. Aber das klappte nicht.

Nichts konnte den Geruch von alten Körpern überdecken, von müden Knochen, von der langsamen, unausweichlichen Verwesung der Menschen, die hier lebten – oder besser gesagt, die hier auf das Ende warteten.

Jakob saß in seinem Altersknast, auch bekannt als "Seniorenresidenz Abendfrieden", was eine verdammte Lüge war. Hier gab es keinen Frieden. Nur alte Leute, die in Sesseln versanken und leise verdunsteten, während das Personal durch die Gänge schlich und so tat, als wäre alles in bester Ordnung.

Er starrte auf seine Hände.

Verkrüppelt, knochig, die Haut so dünn wie altes Pergament. Einmal hatten diese Hände Schumann gespielt. Chopin. Debussy. Seine Finger waren über die Tasten geflogen, als wären sie nicht von dieser Welt. Sie hatten Leben in die Musik gepumpt, hatten Säle zum Atmen gebracht, Menschen in Tränen getaucht.

Und jetzt?

Jetzt kribbelten sie nur noch, als würden die Nerven sich nach und nach verabschieden. Seine Gelenke schmerzten, die Sehnen fühlten sich an wie rostige Drähte.

Ein Musiker, der seine Hände verliert, ist nichts mehr als ein leeres Glas.

Er hätte es wissen müssen, als der letzte Saal still blieb. Als die Anfragen weniger wurden. Als irgendwann keiner mehr anrief.

Die Musik hatte ihn verlassen.

Und die Welt hatte es ihr nachgemacht.

Der alte Flügel in der Ecke des Aufenthaltsraums stand da wie ein verdammtes Denkmal aus besseren Zeiten. Ein Yamaha, nichts Besonderes. Zu oft gestimmt, zu oft verstimmt. Niemand spielte darauf.

Niemand außer ihm.

Nicht für ein Publikum.

Nicht, weil es irgendjemanden interessierte.

Sondern, weil es das Einzige war, was noch nach ihm selbst klang.

Also wartete er.

Er wartete, bis die anderen alten Säcke in ihren Zimmern verschwanden, bis das Personal in der Pause saß und sich billigen Kaffee in die Kehlen schüttete.

Dann stand er auf, schleppte sich über den kalten Boden, seine Beine müde, aber sein Kopf hellwach.

Er ließ sich auf die Bank sinken.

Legte die Finger auf die Tasten.

Atmete ein.

Und dann spielte er.

Nicht wie früher. Die Hände konnten nicht mehr so. Kein rasendes Presto, kein blitzendes Allegro. Aber es war Musik. Verdammt, es war immer noch Musik.

Die Töne hallten durch den fast leeren Raum, leise, rau, aber echt.

Er spielte, weil es das Einzige war, was ihm noch blieb.

Und dann—

Ein Geräusch.

Ein Atemzug.

Ein leises Schlurfen auf dem Linoleum.

Jemand war da.

Jakob erstarrte, seine Finger schwebten über den Tasten. Er drehte den Kopf.

An der Tür stand sie.

Die neue.

Die kleine Blonde mit den dunklen Augen. Viel zu jung für diesen Ort, aber freundlich genug, um sich hier nicht lebendig fressen zu lassen.

Er wusste nicht mal ihren Namen.

Sie sagte nichts.

Schaute ihn nur an, als hätte sie etwas gehört, das sie nicht erwartet hatte.

Und dann—

„Spielen Sie weiter."

Jakob blinzelte.

Die Worte trafen ihn wie ein Faustschlag.

Niemand hatte das seit Jahren zu ihm gesagt.

Er starrte sie an. Sie hielt seinem Blick stand.

Er hätte ihr sagen können, sie soll verschwinden.

Er hätte einfach aufstehen und zurück in sein verdammtes Zimmer humpeln können.

Aber dann sah er ihre Augen.

Kein Mitleid.

Kein verdammtes Mitleid.

Nur Interesse.

Und so hob er langsam die Hände.

Setzte sie zurück auf die Tasten.

Und spielte weiter.

Er spielte.

Nicht für sie. Nicht für diesen abgefuckten Raum, in dem das Licht zu grell war und der Boden nach kaltem Putzwasser roch.

Er spielte, weil es das Einzige war, das er noch konnte.

Die Noten kamen langsam, aber sie kamen. Chopin. Nocturne Op. 9, Nr. 2. Seine Finger stolperten, aber er fing sie auf. Er kannte dieses Stück so gut, dass er es im Schlaf hätte spielen können – naja, früher.

Jetzt musste er kämpfen.

Der kleine Finger der linken Hand machte nicht mehr richtig mit. Sein Daumen war steif. Sein Handgelenk zog bei jeder Bewegung. Aber verdammt noch mal, es war immer noch Musik.

Und sie hörte zu.

Er spürte ihren Blick auf sich, dieses erwartungsvolle Schweigen, das nicht nach Pflicht oder Langeweile klang, sondern nach echtem Zuhören.

Das war schlimmer als ein Konzertsaal voller reicher Arschlöcher.

Er hasste es.

Und er liebte es.

Er ließ die letzte Note verklingen, als würde sie ausatmen. Dann war Stille.

Eine echte Stille. Nicht diese dumpfe, erstickende Leere, die er gewohnt war. Sondern eine, die auf etwas wartete.

Er drehte sich langsam zu ihr um.

Sie stand immer noch in der Tür, ihr Blick klebte an ihm, als hätte sie gerade etwas gesehen, das sie nicht erwartet hatte.

Dann lächelte sie.

Nicht dieses aufgesetzte, bemitleidende Lächeln, das sie diesen alten Leuten hier gaben, wenn sie ihnen den verdammten Apfelmus an den Mund hielten.

Sondern echt.

„Ich wusste nicht, dass Sie so spielen können", sagte sie leise.

Jakob schnaubte. „Tja. Ich wusste nicht, dass hier jemand noch zuhört."

Sie zuckte mit den Schultern. „Ich hab's gehört. Und es war schön."

Schön.

Schön.

Das Wort tat fast weh.

Er konnte sich nicht erinnern, wann jemand das letzte Mal gesagt hatte, dass etwas von ihm schön war.

Er lachte kurz, ein raues, trockenes Geräusch. „Ich war mal gut, weißt du."

Sie nickte. „Ich glaub, Sie sind es immer noch."

Er wollte widersprechen, wollte sie mit einem schnippischen Kommentar abwimmeln. Aber irgendwas hielt ihn zurück.

Stattdessen schüttelte er den Kopf, rieb sich die müden Hände.

„Du bist zu jung, um Nocturnes zu mögen", brummte er.

Sie grinste. „Tja, ich bin wohl eine alte Seele."

Er musterte sie. „Name?"

„Lena."

Er nickte langsam. Dann drehte er sich zurück zum Klavier. Die Tasten glänzten stumpf im kalten Licht. Seine Hände zitterten leicht.

„Also, Lena", sagte er schließlich. „Wie wär's, wenn du morgen wieder zuhörst?"

Sie lächelte.

Und dann nickte sie.

Am nächsten Abend wartete er.

Er sagte sich, dass es ihm egal war.

Dass es nichts bedeutete.

Dass er einfach aus Langeweile wieder zum Klavier schlurfte, die Finger auf die Tasten legte und so tat, als gäbe es noch einen Grund, zu spielen.

Aber als er sich hinsetzte, spürte er, wie sein Rücken gerader wurde. Wie seine Hände weniger zitterten.

Und als er die ersten Töne anschlug, wusste er, dass er nicht allein war.

Lena war wieder da.

Er spürte ihre Gegenwart, noch bevor er sie sah. Sie lehnte an der Tür, die Arme verschränkt, das Gesicht halb im Schatten.

Er spielte trotzdem weiter.

Dieses Mal kein Chopin.

Dieses Mal Ravel.

Langsamer, schwermütiger. Pavane pour une infante défunte.

Die Noten rollten wie Wellen, sie trugen ihn fort, zurück in eine Zeit, in der er nicht in diesem gottverlassenen Heim gesessen hatte, zurück in eine Zeit, in der er jung war, in der Frauen ihn ansahen, weil sie es wollten – nicht, weil sie dafür bezahlt wurden.

Er wusste nicht, wie lange er spielte.

Irgendwann hob er den Kopf und sah zu Lena.

Sie stand immer noch da.

Aber sie sah anders aus.

Irgendwas in ihrem Blick hatte sich verändert.

Nicht mehr nur Interesse.

Mehr.

Etwas Tieferes.

„Ich hätte nie gedacht, dass ich so etwas hier höre", sagte sie leise.

Er hob eine Augenbraue. „Hier? In diesem glorifizierten Wartezimmer für den Tod?"

Sie schmunzelte, aber ihre Augen blieben ernst.

„Nein", sagte sie. „Von Ihnen."

Er schnaubte. „Warum nicht?"

„Weil..." Sie hielt inne, suchte nach den richtigen Worten. „Weil Sie immer aussehen, als wäre alles längst vorbei."

Stille.

Scheiße.

Er wollte aufstehen, wollte sie wegschicken, wollte sich eine verdammte Zigarette anzünden, obwohl er seit Jahren nicht mehr rauchte.

Aber dann sah er ihre Augen.

Und zum ersten Mal seit verdammt langer Zeit hatte er das Gefühl, dass jemand ihn nicht nur ansah – sondern wirklich sah.

Er lehnte sich zurück, knetete seine Finger, spürte das Ziehen in den Gelenken.

„Es war vorbei", sagte er schließlich.

„Und jetzt?"

Er sah sie an.

Dann ließ er seinen Blick über das Klavier gleiten.

Die Tasten, die immer noch da waren.

Die Musik, die immer noch in ihm steckte.

Er ließ die Hände sinken, strich mit den Fingern über das alte Holz.

Dann hob er langsam eine Hand.

Und spielte die erste Note von etwas Neuem.

Er spielte.

Langsam.

Unsicher, fast vorsichtig, wie ein Mann, der nach Jahren das Sprechen wieder lernen muss.

Es war nichts, was er früher auf der Bühne gespielt hätte. Kein Chopin, kein Ravel.

Es war nur eine Melodie.

Seine eigene.

Nicht perfekt, nicht glatt. Zerbrochen an manchen Stellen, rau wie seine Stimme, wenn er morgens hustend aufwachte.

Aber echt.

Lena bewegte sich nicht. Sie stand nur da, hörte zu, ließ die Noten in den Raum tropfen wie Regen auf altes Pflaster.

Als er endete, war es still.

So still, dass er den verdammten Kühlschrank im Flur summen hörte.

Dann sagte sie etwas, das ihn aus der Bahn warf.

„Sie sollten es aufschreiben."

Jakob riss den Kopf hoch.

„Was?"

Lena trat einen Schritt vor. Ihr Blick war ernst. Kein Mitleid, keine Nettigkeiten.

„Das Stück", sagte sie. „Sie sollten es aufschreiben. Es gehört jemandem."

Er wollte lachen. Wollte ihr sagen, dass niemand auf dieser gottverlassenen Welt mehr auf seine Musik wartete. Dass er kein verdammter Komponist war.

Aber er tat es nicht.

Denn tief in ihm drin wusste er, dass sie recht hatte.

Er hatte sein Leben lang andere gespielt. Die toten Meister, die großen Namen. Hatte ihre Musik zum Leben erweckt, aber nie seine eigene geschrieben.

Weil er dachte, dass es nichts wert war.

Weil er dachte, dass er nichts wert war.

„Ich hab kein Papier", brummte er und wusste nicht, warum er es sagte.

Lena grinste. „Dann besorg ich Ihnen welches."

Dann drehte sie sich um, ließ ihn sitzen, mit der Musik, die immer noch in der Luft hing.

Er sah ihr nach.

Und zum ersten Mal seit langer, verdammt langer Zeit fragte er sich, was passieren würde, wenn er nicht einfach wieder damit aufhörte.

Am nächsten Tag lag Papier auf seinem Tisch.

Kein offizielles Zeug aus dem Heim, kein Scheiß mit vorgedruckten Tabellen für Gedächtnistraining oder Kreuzworträtsel.

Echtes Notenpapier. Und ein Bleistift. Kein Wort. Kein Zettel, keine Erklärung.

Aber er wusste, dass es von ihr war.

Lena.

Jakob starrte auf die leeren Linien, als wäre es ein Abgrund, der nur darauf wartete, ihn zu verschlucken.

Dann nahm er den Stift. Seine Hände zitterten. Verdammte Arthrose. Er hasste es.

Er hasste es, wie sein Körper ihn verraten hatte. Seine Finger waren einmal über die Tasten geflogen, mit Präzision, mit Kraft, mit gottverdammter Perfektion. Jetzt? Jetzt konnte er kaum einen Scheiß Stift gerade halten.

Er wollte aufstehen, wollte das Papier zusammenknüllen, wollte es in den Mülleimer feuern, so wie er es mit sich selbst vor Jahren getan hatte.

Aber er tat es nicht.

Stattdessen setzte er den Bleistift an. Und schrieb. Zögernd. Unsicher. Ein paar Takte. Dann ein paar mehr.

Die Melodie aus der Nacht zuvor.

Sie sah auf Papier verdammt anders aus. Kleiner. Verletzlicher. Aber sie war da.

Er sah sich das Ganze an.

Dann stieß er einen müden, rauen Laut aus – nicht ganz ein Lachen, eher ein abgenutztes Echo davon.

Er konnte es immer noch.

Nicht perfekt. Nicht wie früher.

Aber genug.

Am Abend wartete er.

Lena kam. Natürlich kam sie.

Sie lehnte sich in den Türrahmen, die Arme locker verschränkt, dieses verdammte wissende Lächeln auf den Lippen.

„Und?" fragte sie.

Jakob warf das Notenpapier auf den Klavierdeckel. „Da."

Lena hob eine Braue. „Spielen Sie's für mich?"

„Nein."

„Warum nicht?"

„Weil ich's nicht kann."

Er sah ihre Verwirrung. Und dann – Verstehen.

„Aber Sie haben's geschrieben."

„Ja."

Stille.

Dann tat sie etwas, womit er nicht gerechnet hatte.

Sie trat näher.

Langsam. Ruhig.

Sie nahm das Notenblatt, strich mit den Fingern über die Linien, als wäre es ein verdammtes Geheimnis.

Dann setzte sie sich neben ihn. Ihre Schulter berührte fast seine.

Und dann, leise:

„Ich kann ein bisschen spielen."

Jakob blinzelte. „Was?"

Lena grinste. „Ich bin nicht gut. Ein paar Akkorde, ein bisschen vom alten Zeug. Aber ich kann's versuchen."

Er wollte Nein sagen.

Wirklich.

Aber da war etwas in der Art, wie sie ihn ansah.

Kein Mitleid. Kein verdammtes Mitleid.

Nur Neugier.

Echtes Interesse.

Also nickte er.

Und sie spielte. Langsam, stockend. Falsch hier und da. Aber er hörte es.

Seine Musik.

Und Scheiße, er hätte nie gedacht, dass sich das so anfühlen würde.

Lena spielte.

Nicht perfekt. Nicht mal gut.

Aber es war da.

Seine Musik.

In der Luft. Im Raum. In jemand anderem.

Jakob hatte nie geglaubt, dass das noch passieren könnte. Dass etwas von ihm aus einem anderen Paar Hände kommen würde. Dass sich seine Töne durch eine andere Haut bewegen könnten, durch andere Knochen, durch andere Muskeln.

Sie spielte langsam, stockend, manchmal falsch. Aber er hörte es.

Er hörte es, weil er es kannte.

Und es war sein.

Verdammte Scheiße, es war sein.

„Ist das richtig?" fragte sie leise, die Finger zögernd auf den Tasten.

Jakob schluckte trocken.

Seine Kehle fühlte sich an wie Sandpapier.

„Nein."

Lena grinste, ohne hochzusehen. „Gut. Dann können Sie's mir beibringen."

Er schnaubte. Ein raues, halb kaputtes Geräusch.

„Ich bin kein Lehrer."

„Das macht nichts."

Stille.

Dann klappte sie die Noten auf, legte sie ordentlich hin. Und wartete.

Worauf?

Auf ihn.

Auf ihn, verdammt nochmal.

Jakob rieb sich das Gesicht, spürte die Müdigkeit in seinen Knochen, das Kribbeln in seinen Fingern.

Dann hob er langsam die Hände.

Seine Gelenke knackten, als wären sie aus altem Holz.

„Noch mal von vorn", murmelte er.

Lena nickte.

Sie spielte.

Er korrigierte.

Und für einen Moment – nur für einen Moment – war er nicht mehr nur ein vergessener alter Mann in einem gottverlassenen Heim.

Für einen Moment war er Jakob Winter, der verdammte Konzertpianist.

Die nächsten Abende kamen.

Und Lena kam mit ihnen.

Sie spielte, er brummte Anweisungen, fluchte leise, wenn sie etwas falsch machte.

Er merkte, dass seine Hände oft mitspielten. Nicht viel, nur ein paar Töne. Aber sie bewegten sich.

Und er fühlte es wieder.

Das Ziehen.

Dieses uralte, gottverdammt tiefe Ziehen in seinem Brustkorb, das er seit Jahren vergessen hatte.

Musik.

Nicht die, die er gespielt hatte, um Applaus zu bekommen.

Nicht die, die ihn durch sein Leben getragen hatte, bis sie ihn weggeworfen hatte wie ein altes Stück Dreck.

Seine Musik.

Ein paar Takte. Eine kleine Melodie. Aber sie lebte.

Lena lebte sie.

Eines Abends, als sie das letzte Stück der Stunde beendete, drehte sie sich zu ihm.

Ihre dunklen Augen musterten ihn.

„Warum haben Sie nie etwas Eigenes gespielt?" fragte sie leise.

Jakob erstarrte.

„Ich hab gespielt."

„Nein." Sie schüttelte den Kopf. „Ich meine ... warum haben Sie nie etwas Eigenes geschrieben?"

Seine Hände verkrampften sich. Er wusste die Antwort. Aber sie schmeckte bitter.

„Weil ich dachte, dass niemand zuhören würde."

Lena hielt seinem Blick stand. Dann lächelte sie.

„Ich höre zu."

Stille.

Verdammt.

Er war alt. Er war müde. Er hatte alles verloren.

Aber sie saß da. Direkt neben ihm. Und sie hörte zu.

Er schloss die Augen. Atmete tief ein.

Und dann spielte er.

Kein Chopin. Kein Debussy.

Keine alten Geister.

Nur sich selbst.

Und sie hörte zu.

Seine Finger legten sich auf die Tasten.

Nicht wie früher.

Früher waren sie geflogen, waren über das Elfenbein gerast wie eine gottverdammte Naturgewalt. Jetzt waren sie langsam, knochig, zitternd.

Aber es war egal.

Er atmete aus.

Und spielte.

Keine Notenblätter. Kein Chopin, kein verdammter Beethoven.

Seine Musik.

Etwas, das so lange in ihm geschlummert hatte, dass es beinahe verrottet wäre. Eine Melodie, die nie auf Papier gekommen war, weil er sie für wertlos hielt.

Aber jetzt war sie da.

Zögernd, brüchig.

Und dann wuchs sie.

Sie kroch aus seinen Fingern, füllte den leeren, sterilen Raum, tanzte über die Wände, legte sich auf den Boden. Sie kam aus seinem Brustkorb, aus seinen Lungen, aus seiner verdammten Vergangenheit.

Lena sagte nichts. Sie hörte zu. Wirklich zu.

Und Jakob merkte, dass er atmete. Richtig atmete.

Nicht dieses stumpfe Ein-und-Aus, das sich anfühlte wie ein Countdown zum letzten Tag. Nein.

Das hier war lebendig.

Er war lebendig.

Als die letzte Note verklingt, bleibt die Stille hängen. Eine echte Stille, keine tote. Eine Stille, die atmet.

Er öffnete langsam die Augen.

Lena starrte ihn an.

Ihr Blick war anders. Nicht überrascht, nicht einmal bewundernd. Mehr bewegt.

„Verdammt", flüsterte sie.

Jakob lachte leise, rieb sich die müden Finger. „Ja. Verdammte Scheiße."

Sie lehnte sich zurück, schüttelte den Kopf, als müsste sie das gerade Geschehene einsortieren.

„Das war ... das war unglaublich."

Er zuckte die Schultern. „War nötig."

Lena drehte sich voll zu ihm, stützte die Arme auf den Klavierdeckel. „Sie müssen das aufschreiben."

„Was soll ich? Ich bin neunundsiebzig, ich schreibe nichts mehr auf. Ich vergesse nur noch, wo ich meine Brille hingelegt habe."

Sie schüttelte den Kopf. „Nein. Das muss raus. Das gehört nicht nur Ihnen."

Jakob wollte was sagen, wollte abwinken, wollte den üblichen Sarkasmus auspacken.

Aber irgendwas in ihrem Blick ließ ihn verstummen.

Sie meinte es ernst.

Und was noch schlimmer war – er glaubte ihr.

Am nächsten Tag lag noch mehr Papier auf seinem Tisch. Und ein Stift.

Lena kam nicht sofort.

Also nahm er ihn. Und schrieb. Nicht perfekt. Nicht ordentlich.

Aber ehrlich.

Und als Lena am Abend kam, saß er immer noch da.

Die Finger voller Graphit.

Die Noten vor ihm.

Seine Musik.

Er sah auf, sah in ihre dunklen Augen.

Dann klopfte er mit dem Bleistift auf das Papier.

„Setz dich, Mädchen", sagte er.

„Lass es uns spielen."

Sie spielte.

Zögernd. Unsicher. Aber sie spielte.

Jakob saß neben ihr, seine Hände über den Tasten, bereit, einzugreifen, wenn sie ins Stolpern geriet.

„Langsamer", brummte er, als sie einen Akkord zu hastig anschlug.

Lena biss sich auf die Lippe, nickte und fing noch mal an.

Seine Musik.

Aus ihren Händen.

Er hätte nicht gedacht, dass es sich so anfühlen würde.

Ein alter Mann, ein abgehalfterter Pianist, der nichts mehr wert war – und doch klangen seine Noten jetzt durch diesen gottverdammten sterilen Raum, weil dieses Mädchen sich entschlossen hatte, ihn nicht sterben zu lassen.

Als das Stück zu Ende war, lehnte Lena sich zurück und grinste. „Gar nicht mal so schlecht, oder?"

Jakob verzog das Gesicht. „War Scheiße."

Lena schnaubte. „Ach, halt die Klappe. Sie wissen genau, dass es gut war."

Er sagte nichts. Aber er grinste.

Ein bisschen.

Sie sah ihn lange an, trommelte mit den Fingern auf den Klavierdeckel.

„Ich hab 'ne Idee."

Jakob hob eine Augenbraue. „Das sind gefährliche Worte."Lena lachte leise. „Hören Sie mir zu." Sie beugte sich vor, als wäre das hier eine geheime

Verschwörung. „Was wäre, wenn wir's jemandem zeigen?"

Er blinzelte. „Was?"

„Ihre Musik. Ihre Stücke."

Jakob starrte sie an, als hätte sie gerade vorgeschlagen, dass sie zusammen eine Bank überfallen sollten.

„Wem denn, verdammt?"

„Ich kenn da jemanden."

„Oh, du kennst jemanden." Er lachte trocken. „Ich kann's kaum erwarten, für deine Schulfreunde zu klimpern, während sie Latte Macchiato schlürfen und Selfies machen."

„Halt die Klappe." Sie rollte mit den Augen. „Ich meine jemanden, der sich wirklich auskennt. Einen alten Freund von mir. Produzent, Pianist, hat Kontakte."

„Was soll der mit einem alten Wrack wie mir?"

Lena lehnte sich zurück, musterte ihn.

„Der gleiche Grund, warum ich hier sitze und Ihnen zuhöre."

Jakob kniff die Augen zusammen. „Mitleid?"

„Bullshit."

Sie sah ihn direkt an, ohne zu blinzeln.

„Weil es gut ist."

Stille.

Lange Stille.

Jakob lehnte sich langsam zurück.

„Und was willst du von mir?"

„Dass Sie's probieren."

Er schüttelte den Kopf, lachte bitter. „Ich bin zu alt für sowas, Mädchen."

„Und?" Sie zuckte die Schultern. „Macht's die Musik schlechter?"

Wieder Stille.

Dann drehte Jakob sich zum Klavier.

Seine Finger legten sich auf die Tasten, spielten ein paar lose Akkorde, seine eigene Melodie, unfertig, roh, lebendig.

Seine Musik.

Und zum ersten Mal fragte er sich, ob sie nicht vielleicht doch noch einen Platz in dieser Welt hatte.

Er sah zu Lena.

Sie wartete.

Verdammt.

„Also schön", knurrte er schließlich.

„Aber wenn dein Produzentenfreund ein Arschloch ist, dann bist du diejenige, die ihm sagt, dass ich ihm aufs Maul hauen werde."

Lena grinste.

„Deal."

Zwei Tage später saßen sie in einem winzigen, verqualmten Café.

Jakob hasste es.

Zu laut, zu eng, zu viele Leute mit zu hippen Frisuren und diesen dämlichen runden Brillen, die aussahen, als hätten sie sie aus einem Secondhand-Laden für gescheiterte Intellektuelle geklaut.

Und dann war da der Typ.

Lenas „Kontakt".

Ein Kerl um die vierzig, dünn, mit einer Zigarette in der einen Hand und einem Notizbuch in der anderen. Er sah aus, als würde er lieber in einem verrauchten Pariser Loft sitzen und über die Bedeutung von dissonanten Klängen schwadronieren.

Jakob mochte ihn sofort nicht.

„Also", sagte der Typ, zog an seiner Kippe und musterte ihn. „Das ist er?"

„Ja", sagte Lena und schob das Notenblatt über den Tisch. „Jakob Winter."

Der Name klang Scheiße in diesem Raum. Viel zu groß für diesen Tisch, für diese halbkaputte Espressomaschine im Hintergrund.

Der Typ – er hatte sich als Max vorgestellt – nahm das Blatt, blätterte durch, kaute auf seiner Unterlippe.

Jakob nahm einen Schluck von seinem Kaffee. Bitter, Scheiße heiß.

Er wartete.

Wartete auf das verächtliche Lächeln, auf die wegwerfende Handbewegung, auf das „Nett, aber das kauft dir niemand mehr ab, Alter".

Stattdessen pfiff Max leise durch die Zähne.

„Scheiße", murmelte er.

Jakob hob eine Braue. „Was?"

Max sah auf. „Das ist gut."

Jakob kniff die Augen zusammen. „Was?"

Max schnaubte, blätterte weiter. „Ich meine – das ist richtig gut. Wer hat das arrangiert?"

Lena grinste. „Er selbst."

Max blinzelte. Sah Jakob an, als würde er ihn zum ersten Mal wirklich wahrnehmen.

„Keine Scheiß-Orchestrierung?" fragte er.

„Nur meine Hände", sagte Jakob trocken.

Max lehnte sich zurück, nickte langsam. „Alter. Ich hab ja gedacht, das hier ist eine Charity-Nummer, aber das ist verdammt noch mal was Echtes."

Jakob starrte ihn an.

Dann sah er zu Lena.

Dann zurück zu Max.

„Also", sagte Max. „Hast du Bock?"

Jakob legte die Tasse ab. Seine Finger waren ruhig.

„Auf was genau?"

Max grinste. „Auf das, was du die letzten Jahre verdrängt hast."

Stille.

Lena sah ihn an.

Nicht drängend. Nicht mitleidig.

Einfach nur wartend.

Jakob rieb sich das Gesicht.

Dann atmete er aus.

„Scheiß drauf", murmelte er.

„Lass es uns versuchen."

Sie saßen in einem Studio.

Jakob hasste es.

Der Raum war kalt, steril, eine verdammte Kiste aus Schallschutz und Technologie, in der nichts nach Leben roch. Kein Staub, kein Publikum, nur Kabel, Mikrofone, und Max, der wie ein verdammter Dirigent hinter der Glasscheibe stand und mit den Fingern schnippte.

„Okay, Alter", sagte er ins Mikrofon. „Mach's einfach wie immer."

Jakob knurrte. „Ich bin neunundsiebzig. Nichts ist wie immer."

Lena lachte hinter ihm.

Er war froh, dass sie da war.

Nicht, dass er's zugeben würde.

Jakob legte die Finger auf die Tasten.

Fühlte das Gewicht der Vergangenheit in seinen Händen.

Das hier war keine Bühne.

Keine Scheinwerfer.

Aber die Musik wartete.

Verdammt, sie wartete.

Also atmete er tief ein.

Und spielte.

Seine Musik.

Nicht die von toten Meistern. Nicht Chopin, nicht Ravel, nicht der ganze Scheiß, für den er früher Applaus bekam.

Sein eigenes Zeug.

Rau. Unperfekt.

Aber echt.

Er hörte, wie Max auf der anderen Seite die Zigarette ausklopfte. Hörte das leise Tippen auf dem Mischpult, das Summen der Aufnahme.

Und dann – Stille.

Die letzte Note hing in der Luft, vibrierte, ließ ihn atemlos zurück.

Langsam drehte er sich zu Lena.

Sie grinste.

„Also?" fragte er rau.

Lena sah zu Max.

Max starrte ihn durch die Glasscheibe an.

Dann sagte er:

„Verdammt, Alter. Das ist richtig gut."

Max schob sich ins Studio, eine Zigarette zwischen den Fingern, obwohl er genau wusste, dass hier Rauchverbot war.

„Weißt du, was das ist, Alter?" fragte er, während er die Aufnahme stoppte.

Jakob rieb sich die müden Hände. „Ja. Meine Finger tun weh."

Lena verdrehte die Augen. „Er meint, dass es gut ist."

„Richtig gut", fügte Max hinzu. „Nicht nur ‚Oh, süß, ein alter Mann kann noch ein bisschen klimpern'-gut. Sondern wirklich gut. Authentisch. Rau. Hat was von Bill Evans, aber dreckiger. Mehr Leben. Mehr … Scheiße, ich weiß nicht, Mann. Mehr Wahrheit."

Jakob zuckte die Schultern. „Dann hast du wohl noch nicht genug Musik gehört."

Max schüttelte den Kopf. „Glaub mir, ich höre jeden Tag zu viel verdammte Musik. Aber das hier – das hier hat was, das die anderen nicht haben."

Jakob sah ihn lange an.

Dann lehnte er sich zurück, kniff die Augen zusammen. „Was willst du von mir, Junge?"

Max grinste. „Ein Album."

Stille.

Lena hielt die Luft an.

Jakob starrte Max an, als hätte er gerade vorgeschlagen, dass sie zusammen auf eine Weltraummission gehen.

Dann brach er in ein raues, kratziges Lachen aus.

„Du spinnst doch", keuchte er. „Ein verdammtes Album? Von wem? Mir? Einem alten Sack in einem gottverdammten Pflegeheim? Wen zur Hölle soll das interessieren?"

Max zuckte die Schultern. „Jeden, der noch ein echtes Herz hat."

Jakob schüttelte den Kopf. Das war ein verdammter Witz.

Er war raus aus dem Geschäft. Längst. Die Welt hatte ihn vergessen, und das war gut so.

„Ich kann nicht mal mehr zwei Stunden spielen, ohne dass mir die Hände abfallen", knurrte er.

„Muss ja auch kein zehnstündiges Opernepos sein, Alter", sagte Max. „Ein paar Stücke. Nur du und das Klavier. Authentisch. Keine Scheiß-Orchestrierung, keine Streicher, keine glattproduzierte Mainstream-Scheiße. Einfach Jakob Winter, der Mann, der die Musik überlebt hat."

Jakob starrte ihn an.

Seine Brust zog sich zusammen.

Ein Album.

Eine verdammte Platte mit seinem Namen drauf.

Er hatte das immer gewollt. Immer. Aber er hatte nie geglaubt, dass er gut genug sei.

Und jetzt – jetzt war er alt, verbraucht, vergessen.

Warum zum Teufel wollte jemand ausgerechnet jetzt seine Musik hören?

Er wollte Nein sagen. Wollte sich umdrehen, aus der Tür humpeln, zurück in sein Bett, um weiter zu sterben.

Aber dann sah er Lena.

Sie sah ihn an, mit diesen dunklen, ruhigen Augen, die nichts forderten, die ihn nur erwartungsvoll ansahen, als wüsste sie längst, dass er die Antwort kannte.

Verdammt.

Er hasste sie für diesen Blick.

Und er hasste sich selbst dafür, dass er sich daran erinnerte, wie es war, noch etwas wert zu sein.

Er seufzte tief, rieb sich das Gesicht.

„Ich hab keine Ahnung, was ich da spielen soll."

Lena lächelte. „Doch, haben Sie."

Er sah sie an.

Sie hatte recht.

Natürlich hatte sie verdammt noch mal recht.

Jakob saß wieder am Klavier.

Diesmal kein altes, verstimmtes Ding im Aufenthaltsraum eines gottverlassenen Pflegeheims.

Nein.

Diesmal war es ein verdammter Steinway.

Ein Flügel, der mehr wert war als alles, was Jakob jemals besessen hatte.

Er fühlte die kühle Oberfläche der Tasten unter seinen Fingerspitzen, ließ die Hand darüber gleiten. Es war, als würde das Ding ihn anschauen, als wollte es wissen:

Hast du es noch drauf?

Max stand hinter der Glasscheibe im Aufnahmeraum, ein Kippe zwischen den Zähnen, die er wahrscheinlich gleich hektisch ausdrücken musste.

Lena saß im Schatten, die Beine übereinandergeschlagen, ihr Blick ruhig.

Sie wartete.

Jakob atmete tief durch. Die Kopfhörer saßen unbequem auf seinen Ohren. Sein Rücken tat weh. Seine Finger zitterten.

Er war neunundsiebzig Jahre alt und saß hier, als hätte er noch irgendeine verdammte Zukunft.

Er hätte aufstehen können.

Hätte sagen können: „Vergesst es. Ich bin durch."

Aber dann sah er noch mal zu Lena.

Und er wusste: Das hier war seine letzte Chance. Sein letzter verdammter Auftritt. Also nahm er die Hände, hob sie an. Setzte die Finger auf die Tasten.

Und spielte.

Die erste Aufnahme war Scheiße. Die zweite auch. Die dritte war ein bisschen besser.

Jakob fluchte. Er war es gewohnt, perfekt zu sein. Er konnte keine Fehler ertragen.

Aber seine Hände konnten nicht mehr, was sie früher konnten.

Also musste er lernen, es anders zu machen.

Rau. Langsamer. Echter.

Und dann, beim vierten Take, passierte es.

Er hörte es. Seine Musik. Nicht wie früher. Nicht jung, nicht makellos. Aber ehrlich. Jede verdammte Note war echt.

Als die letzte Melodie verklang, blieb die Luft schwer.

Niemand bewegte sich.

Dann hörte er es:

Ein leises, dumpfes Geräusch im Kopfhörer. Er drehte den Kopf. Max stand hinter der Scheibe. Er sagte nichts. Aber er hatte sich mit einer Hand über die Augen gewischt.

Lena ... Lena hatte die Augen geschlossen, als würde sie noch zuhören, obwohl die Musik längst vorbei war.

Jakob saß still. Seine Finger lagen noch auf den Tasten.

Verdammt.

Er hatte gedacht, er wäre tot.

Aber gerade eben – in diesem Moment – wusste er:

Er lebte noch.

Zwei Wochen später saß Jakob wieder in seinem verdammten Pflegeheimzimmer.

Die Wände waren dieselben.

Der Geruch nach Desinfektionsmittel war derselbe.

Aber irgendwas war anders.

Denn vor ihm lag eine CD.

Sein Name stand drauf. Jakob Winter – Echoes of a Lost Time.

Schwarzweißes Cover, minimalistisch, kein Bullshit. Nur der Name. Die Musik.

Seine Musik.

Er hatte sie noch nicht gehört.

Max hatte ihm eine Aufnahme geschickt, Lena hatte die Kopfhörer mitgebracht, aber Jakob hatte das verdammte Ding einfach auf den Tisch gelegt und ignoriert.

Weil es ihn ankotzte.

Weil es ihn nervös machte.

Weil, wenn er es jetzt hörte und es Scheiße war, dann wäre das das Ende.

Dann hätte er es wirklich verloren.

Er starrte auf die CD, als wäre sie eine tickende Bombe.

Dann, langsam, nahm er die Kopfhörer.

Steckte sie ein.

Setzte sie auf.

Atmete tief durch.

Und drückte Play.

Der erste Ton war wie ein Faustschlag.

Nicht weil er laut war.

Nicht weil er perfekt war.

Sondern weil er echt war.

Die ersten Klänge seiner Musik tropften aus den Kopfhörern, setzten sich in seinem Schädel fest, krochen ihm in die Brust.

Die Melodie, die er geschrieben hatte, die Töne, die aus seinen kaputten, alten Händen geflossen waren – sie waren da. Unverändert.

Kein Scheiß-Autotune, keine billigen Streicher, keine Effekthascherei.

Es war einfach er.

Und es war gut.

Verdammt, es war gut.

Jakob schloss die Augen.

Für einen Moment saß er nicht mehr in diesem verdammten Heim.

Für einen Moment war er nicht mehr alt.

Er war einfach nur Musik.

Und dann, in der Ferne, hörte er es.

Applaus.

Am nächsten Tag kam Lena in sein Zimmer.

„Und?" fragte sie, die Hände in die Taschen ihrer viel zu großen Jeans gesteckt.

Jakob sah sie lange an.

Dann warf er ihr die CD hin.

„Das ist verdammt nochmal das Beste, was ich je gemacht habe."

Lena grinste. „Na endlich."

Jakob lehnte sich zurück, zog an seiner imaginären Zigarette. „Also, was jetzt? Machen wir noch eine Platte? Buchen wir die Carnegie Hall?"

Lena lachte. „Langsam, Rockstar."

Dann zog sie ihr Handy aus der Tasche und hielt es ihm hin.

„Schau dir das an."

Er nahm es, blinzelte auf den verdammten Bildschirm. YouTube.

Ein Video.

Jakob Winter – The Last Melody (Live Recording)

Jakob spürte, wie sein Magen sich zusammenzog.

„Was zur Hölle …"

Lena grinste. „Max hat einen Take online gestellt. Dachte, es könnte ein paar Leute interessieren."

Jakob scrollte nach unten.

200.000 Views.

Er blinzelte.

Er klickte auf die Kommentare.

„Diese Musik fühlt sich an wie ein Brief von jemandem, den ich verloren habe."

„Ich dachte, sie machen solche Musik nicht mehr."

„Wer ist dieser Mann? Ich will mehr hören."

Jakob lehnte sich zurück.

Atmete langsam aus.

Dann reichte er Lena das Handy zurück.

„Na schön", murmelte er. „Was spielen wir als Nächstes?"